AF197776

Tucholsky   Wagner   Zola   Scott   Schlegel
Turgenev   Wallace   Fonatne Sydow   Freud
       Twain   Walther von der Vogelweide   Fouqué   Friedrich II. von Preußen
              Weber   Freiligrath   Frey
Fechner   Fichte Weiße Rose von Fallersleben Kant   Ernst   Frommel
                                         Hölderlin   Richthofen
       Engels   Fielding   Eichendorff Tacitus   Dumas
Fehrs   Faber   Flaubert
                              Eliasberg   Ebner Eschenbach
Feuerbach Maximilian I. von Habsburg Fock   Eliot   Zweig
              Ewald   Vergil
       Goethe   Elisabeth von Österreich   London
Mendelssohn Balzac Shakespeare
       Trackl   Lichtenberg Rathenau   Dostojewski   Ganghofer
Mommsen   Stevenson   Doyle   Gjellerup
       Thoma   Tolstoi   Hambruch
Dach   Verne von Arnim Hägele   Hanrieder Droste-Hülshoff
       Reuter   Lenz
Karrillon Garschin Rousseau Hagen   Hauff   Humboldt
                                       Hauptmann   Gautier
       Damaschke   Defoe   Baudelaire
                   Descartes Hebbel
                                    Hegel   Kussmaul   Herder
Wolfram von Eschenbach   Schopenhauer
       Bronner   Darwin   Dickens   Rilke   George
              Melville   Grimm Jerome
       Campe   Horváth   Aristoteles   Bebel   Proust
Bismarck   Vigny   Barlach Voltaire Federer
              Gengenbach   Heine   Herodot
Storm   Casanova   Tersteegen   Grillparzer Georgy
       Chamberlain   Lessing Langbein Gilm
Brentano   Lafontaine   Gryphius
Strachwitz Claudius   Schiller   Kralik Iffland Sokrates
       Katharina II. von Rußland Schilling
              Bellamy Gerstäcker Raabe   Gibbon   Tschechow
Löns   Hesse Hoffmann   Gogol   Wilde   Gleim   Vulpius
Luther Heym   Hofmannsthal   Morgenstern
       Roth   Heyse Klopstock Klee Hölty   Goedicke
Luxemburg   Puschkin Homer   Kleist
       La Roche   Horaz   Mörike   Musil
Machiavelli   Kierkegaard Kraft Kraus
Navarra Aurel Musset
              Lamprecht Kind Kirchhoff Hugo   Moltke
Nestroy Marie de France
              Laotse   Ipsen   Liebknecht
Nietzsche Nansen
       Marx   Lassalle Gorki   Klett   Ringelnatz
von Ossietzky May   Leibniz
       vom Stein Lawrence   Irving
Petalozzi Platon
       Sachs Pückler Michelangelo   Knigge   Kafka
       Poe   Liebermann Kock
de Sade Praetorius Mistral Zetkin   Korolenko

Der Verlag tredition aus Hamburg veröffentlicht in der Reihe **TREDITION CLASSICS** Werke aus mehr als zwei Jahrtausenden. Diese waren zu einem Großteil vergriffen oder nur noch antiquarisch erhältlich.

Symbolfigur für **TREDITION CLASSICS** ist Johannes Gutenberg (1400 — 1468), der Erfinder des Buchdrucks mit Metalllettern und der Druckerpresse.

Mit der Buchreihe **TREDITION CLASSICS** verfolgt tredition das Ziel, tausende Klassiker der Weltliteratur verschiedener Sprachen wieder als gedruckte Bücher aufzulegen – und das weltweit!

Die Buchreihe dient zur Bewahrung der Literatur und Förderung der Kultur. Sie trägt so dazu bei, dass viele tausend Werke nicht in Vergessenheit geraten.

Der Brautmarsch

Bjørnstjerne Bjørnson

Impressum

Autor: Bjørnstjerne Bjørnson
Umschlagkonzept: toepferschumann, Berlin

Verlag: tradition GmbH, Hamburg
ISBN: 978-3-8424-0362-8
Printed in Germany

Rechtlicher Hinweis:
Alle Werke sind nach unserem besten Wissen gemeinfrei und
unterliegen damit nicht mehr dem Urheberrecht.

Ziel der TREDITION CLASSICS ist es, tausende deutsch- und
fremdsprachige Klassiker wieder in Buchform verfügbar zu
machen. Die Werke wurden eingescannt und digitalisiert. Dadurch
können etwaige Fehler nicht komplett ausgeschlossen werden.
Unsere Kooperationspartner und wir von tredition versuchen, die
Werke bestmöglich zu bearbeiten. Sollten Sie trotzdem einen Fehler
finden, bitten wir diesen zu entschuldigen. Die Rechtschreibung der
Originalausgabe wurde unverändert übernommen. Daher können
sich hinsichtlich der Schreibweise Widersprüche zu der heutigen
Rechtschreibung ergeben.

Im achtzehnten Jahrhundert wohnte in einem der größeren Gebirgstäler Norwegens ein Spielmann, der später bis zu einem gewissen Grade in die Volkssage übergegangen ist. Eine Menge Melodien und Märsche wurden ihm zugeschrieben, einige davon hatte er der Sage nach von den Unterirdischen gehört, eine Melodie vom Teufel selber, eine andere hatte er gemacht, um sein Leben zu retten usw. Einer seiner Märsche ist vor allen berühmt geworden; denn die Geschichte dieses Stückes endete nicht mit seinem Leben, sondern fing eigentlich erst hinterher recht an.

Der Spielmann Ole Haugen, ein armer Häusler, hoch oben unter der Felswand, hatte eine Tochter, Aslaug, die seinen guten Kopf und auch seinen Sinn für Musik geerbt hatte, und wenn sie auch selbst kein Instrument spielte, lag es doch in ihrem ganzen Wesen, denn sie war leicht und fröhlich in ihrer Art zu sprechen, im Singen, im Gang, im Tanz, und sie hatte wie das ganze Geschlecht, eine eigentümlich biegsame Stimme. Da kehrte von langen Reisen ein junger Bursch zurück, der der dritte Sohn des alten Familiensitzes Tingvold war. Zwei Brüder, beide älter als er, waren bei der Überschwemmung ertrunken, und nun sollte er den Hof haben. Er traf Aslaug auf einer großen Hochzeit und verliebte sich in sie. In jener Zeit war es noch etwas ganz Unerhörtes, daß der Sohn eines Hofbesitzers aus so großem, altem Geschlecht um ein Mädchen von Aslaugs Stand und Verhältnissen werben konnte. Aber dieser Bursch war lange draußen gewesen, und er erklärte seinen Eltern, daß er dort draußen genug zu leben fände, und könnte er es hier in der Heimat nicht so bekommen, wie er es haben wolle, so könne ihm der Hof gestohlen werden. Man prophezeite ihm von allen Seiten, daß eine solche Gleichgültigkeit gegen Geschlecht und angestammten Grund und Boden sich strafen würde; man sagte auch, Ole Haugen müsse das Ganze gemacht haben – und vielleicht durch Mittel, vor denen sich alle Menschen scheuen sollten.

Ole Haugen soll nämlich, während der Kampf zwischen dem Burschen und seinen Eltern stattfand, ganz ausgezeichneter Laune gewesen sein. Als aber der Sieg errungen war, hatte er gesagt, er habe schon einen Brautmarsch gemacht, der solle in dem Geschlecht auf Tingvold nicht aufhören zu klingen. Aber Gott sei der Braut gnädig, hatte er ferner gesagt, die nicht ebenso fröhlich unter seinen

Klängen zur Kirche führe wie die Häuslertochter aus Haugen! Hierin hatten die Leute den Einfluß böser Mächte geahnt. So lautete die Sage, wie so viele andere. Was aber sicherer ist als diese Sage, das ist, daß sich noch heutigestags in dieser Gebirgsgegend wie in mehreren anderen ein lebhafter Sinn für Musik und Gesang erhalten hat, und in jenen Tagen mag er wohl noch größer gewesen sein. Man kann den Sinn für so etwas nicht bewahren, ohne daß man den ererbten Schatz vermehrt und aufputzt, und Ole Haugen mag das in hervorragender Weise getan haben.

Die Sage erzählt ferner, daß, wie Ole Haugens Brautmarsch der hinreißendste war, den man jemals gehört hatte, so auch das Brautpaar, das unter seinen Klängen zum erstenmal heimfuhr, das von ihm bis zur Kirchentür geführt und dort nach der Trauung von ihm wieder empfangen wurde, das glücklichste Paar war, das man jemals gesehen hatte. Und obwohl sich das Geschlecht auf Tingvold allezeit durch Schönheit ausgezeichnet hatte, und es nach dieser Zeit in noch erhöhtem Maße tat, so hielt doch die Sage mit Bestimmtheit daran fest, daß diesem Paare für alle Zeiten der Preis gebühre.

Wir kommen nun aus der Sage auf festern Grund; denn mit Ole Haugen sterben die Sagen, nach ihm beginnt die Geschichte. Diese erzählt, daß der Brautmarsch ein Erbstück wurde, aber ein anderes als alle die anderen, die nur selten benutzt werden. Denn dies wurde benutzt, d.h. der Marsch wurde auf Tingvold geträllert, gesungen, gepfiffen, geblasen, gespielt von der Stube bis zum Stall, vom Felde bis zur Gebirgsweide, und nach den Tönen dieses Brautmarsches wurde das einzige Kind, das sie bekamen, von der Mutter und vom Vater, von dem Kindermädchen und den übrigen Dienstboten gewiegt und auf den Armen geschaukelt, und das erste, was es nach seinen ersten Kunststücken und Worten von selber lernte, war der Brautmarsch. Das Kind hieß Astrid. Musik war im Blute des Geschlechts, und nicht am wenigsten in dieser kleinen lebhaften Dirne, die bald mit wahrer Meisterschaft den Brautmarsch trällern konnte, diesen Siegesruf ihrer Eltern, die Verheißung des Geschlechts. Da war es denn auch kein so großes Wunder, daß sie, als sie erwachsen war, ihren Bräutigam selber wählen wollte. Vielleicht ist es eine Übertreibung mit allen den Freiern, die Astrid gehabt haben soll, aber es mag nun wahr sein oder nicht, jedenfalls wurde das reiche Mädchen mit dem feinen Wesen über dreiundzwanzig Jahre alt und war noch immer nicht verlobt. Da kam es an den Tag, was der Grund gewesen war! Die Mutter hatte vor mehreren Jahren einen flinken Zigeunerburschen von der Landstraße aufgelesen; ein Zigeunerjunge war er wohl eigentlich nicht, aber er wurde so genannt, und von der Mutter nicht am wenigsten, als sie hörte, daß Astrid und er so toll gewesen waren, sich oben auf der Gebirgsweide zu verloben und seither dastanden und sich den Brautmarsch vorträllerten, sie vom Boden des Vorratshauses und er vom Bergabhang herab. Der Bursche kam sofort aus dem Hause, denn jetzt zeigte es sich, daß niemand so strenge auf das Geschlecht hielt wie die ehemalige Häuslertochter. Und der Vater mußte an die Prophezeiung denken, als er selber die Sitte des Geschlechts durchbrochen hatte; das Geschlecht holte sich den Bräutigam schon von der Landstraße herein, wo würde das enden? Das Kirchspiel urteilte nicht milder. Der Zigeunerjunge – Knud hieß er sonst – hatte sich auf den Handel gelegt, namentlich auf den Viehhandel, und war überall bekannt. Er war der erste, der ihn im Kirchspiel, ja im weiten Umkreise im großen betrieb. Er war der Bahnbrecher und verschaffte den Bewohnern dieser Gegend dadurch bessere Preise und vielen Familien ein Kapital. Aber es ließ sich nicht leugnen, daß es Trinkgelage und Schlägereien gab, wo er war, und das war das einzige, wovon man sprach, denn was er als Handelsmann war, verstanden sie noch nicht. Als Astrid nun dreiundzwanzig Jahre alt geworden war, standen die Sachen so, daß der Hof entweder für die gerade Geschlechtsfolge verlorengehn, oder daß er hineintreten mußte, denn die Eltern hatten durch ihre eigene Heirat die moralische Macht verloren, die hier vielleicht zwingend hätte eingreifen können. So setzte denn Astrid ihren Willen durch, der fröhliche, hübsche Knud fuhr eines schönen Tages in unermeßlichem Gefolge mit ihr zur Kirche. Der Brautmarsch des Geschlechts, das Meisterstück des Großvaters, schallte über den Zug hin, und die beiden saßen da, als trällerten sie ihn leise mit, denn sie sahen sehr fröhlich aus. Die Leute wunderten sich, daß auch die Eltern fröhlich aussahen. Sie hatten doch so lange und so hartnäckig Widerstand geleistet. Nach der Hochzeit übernahm Knud den Hof, und die Alten wurden auf das Altenteil gesetzt; aber dies war so groß, daß niemand begreifen konnte, wie Knud und Astrid dabei zu bestehn vermochten; denn wohl war der Hof der größte im Kirchspiel, aber er war durchaus nicht gut bewirtschaftet. Und nicht genug damit: es wurde eine dreifache Arbeiterschaft angenommen und alles nach neuer Mode mit einem in dieser Gegend ganz unerhörten Kostenaufwande betrieben. Man prophezeite Knud den sichern Ruin. Aber der Zigeunerjunge, wie er noch immer genannt wurde, war nach wie vor fröhlich, und seine gute Laune hatte Astrid längst angesteckt. Das früher so feine, stille Mädchen war jetzt eine tüchtige, dralle Hausfrau geworden. Die Eltern waren sehr zuversichtlich dabei. Endlich begriffen es die Leute, daß Knud nach Tingvold mitgebracht hatte, was bisher niemand dort besessen hatte – *Betriebskapital!* Er hatte außerdem infolge seines Wanderlebens große Erfahrungen, und dazu hatte er die Gabe, mit Waren und Geld umzugehn, Arbeiter und Dienstboten in guter, fröhlicher Stimmung zu erhalten, so daß, ehe zwölf Jahre verflossen waren, Tingvold gar nicht wiederzuerkennen war. Die Gebäude waren neu, der Viehbestand dreimal so stark und dreimal so gut, und Knud selber ging im langen Tuchrock mit einer Meerschaumpfeife umher und trank am Abend sein Glas Grog mit dem Pastor, dem Hauptmann und dem Vogt. Astrid bewunderte ihn als den klügsten und geschicktesten Mann auf Erden, und sie erzählte selbst, daß er sich in seiner Jugend hin und wieder betrunken und geprügelt hätte, nur daß man von ihm rede und sie bange werden sollte: denn er sei »so ausspekuliert«! Sie folgte ihm in allem, nur nicht darin, daß sie ihre Kleider und ihre Gewohnheiten änderte; sie wollte an Bauernsitte und Bauerntracht festhalten. Knud ließ alle so leben, wie es ihnen am besten zusagte, und so veruneinigten sie sich denn auch hierüber nicht. Er lebte, wie es ihm gefiel, und sie wartete ihm auf. Übrigens führte er ein ganz einfaches Leben; er war zu klug, Staat zu machen und Unkosten zu verursachen. Manche behaupteten, daß er beim Kartenspiel und durch das Ansehen und die Verbindung, die es ihm verschaffte, mehr verdiene, als er verbrauche; aber das war wohl nur Verleumdung.

Sie hatten mehrere Kinder, deren Geschichte uns nichts angeht; aber der älteste Sohn Endrid, der den Hof erben sollte, mußte ja auch dessen Ehre aufrechterhalten. Er war schön wie das ganze Geschlecht, aber sein Kopf war zu nicht mehr als zum Alltagsgeschäft fähig, wie man das oft bei Kindern begabter Eltern findet. Der Vater bemerkte das schon früh und wollte dem Mangel durch eine ausgezeichnete Erziehung abhelfen. Aus diesem Grunde gab er den

Kindern einen Hauslehrer und schickte den Jungen, sobald er erwachsen war, auf eine der landwirtschaftlichen Schulen, die gerade jetzt in Schwang kamen, und später in die Stadt. Er kam als ein stiller, ein wenig vom Lernen angegriffener Bursch heim, mit weniger städtischen Gewohnheiten, als man geglaubt haben sollte und der Vater gehofft hatte. Endrid war eben überhaupt kein großes Licht.

Auf diesen Burschen spekulierten nun sowohl der Hauptmann als auch der Pfarrer, die beide unglaublich viele Töchter hatten; aber wenn dies auch der Grund zu der immer größeren Aufmerksamkeit war, die sie Knud erwiesen, so hatten sie sich doch arg verrechnet, denn Knud verachtete eine Heirat mit einer armen Hauptmanns- oder Propstentochter ohne die für die Bewirtschaftung eines großen Bauernhofs erforderliche Vorbildung so sehr, daß er es nicht einmal für der Mühe wert hielt, den Sohn zu warnen. Er hatte es auch nicht nötig; der Bursch sah ebensogut ein wie er, daß das Geschlecht in anderer Beziehung, als was Wohlstand anlangte, gehoben werden mußte, daß es jetzt des Blutes der ihm an Alter und Ansehen ebenbürtigen Familien bedürfe. Nun wollte aber das Unglück, daß der Junge ein wenig linkisch war, wenn er zu solchen Zwecken ausfuhr, so daß die Leute sofort mißtrauisch wurden. Das hätte sich nun wohl ertragen lassen, aber er kam in den Ruf, auf eine gute Partie aus zu sein, und wer in irgendeinem Rufe steht, den meidet der Bauer. Endrid selber merkte das bald; denn wenn er auch nicht besonders scharfsichtig war, so war er dafür um so feinfühliger. Er erkannte, daß es seine Stellung keineswegs verbessere, daß er in städtischer Kleidung und »zigeunergelehrt«, wie man es nannte, auftrat. Und da der Bursch im Grunde seiner Seele brav war, bewirkte die erlittene Kränkung, daß er nach und nach die städtische Kleidung und die städtische Sprache ablegte und auf dem umfangreichen Gute seines Vaters als Knecht zu arbeiten begann. Der Vater begriff das alles – ja längst bevor der Sohn es selber begriffen hatte – , und er bat die Mutter, zu tun, als merke sie nichts. Sie sprachen deswegen nicht mir dem Sohne vom Heiraten, niemand beachtete die Veränderung, die mit ihm vorging, weiter, als daß der Vater ihn immer liebevoller in seine Pläne für die Bewirtschaftung des Gutes und in alles übrige einweihte und allmählich dem Sohne die Leitung des Gutes vollständig überließ. Er hatte das nicht zu bereuen.

So lebte der Sohn, bis er einunddreißig Jahre alt geworden war; er vermehrte seines Vaters Vermögen und seine eigene Erfahrung und Sicherheit. In dieser ganzen Zeit hatte er auch nicht den geringsten Versuch gemacht, um ein Mädchen zu freien, weder im Kirchspiel noch außerhalb, und die Eltern fingen an, ernstlich besorgt zu werden, daß er es sich gänzlich aus dem Sinne geschlagen habe. Aber das war keineswegs der Fall.

Auf dem benachbarten Hofe lebte in guten Verhältnissen eine Familie aus einem der ersten Geschlechter des Kirchspiels, die auch wiederholt in das alte Geschlecht auf Tingvold hineingeheiratet hatte. Dort wuchs ein Mädchen heran, gegen das Endrid von ihrer Kindheit an freundlich gewesen war; vermutlich hatte er sie sich in aller Stille ausersehen, denn kaum ein halbes Jahr nach ihrer Konfirmation hielt er um sie an. Sie war damals siebzehn Jahre alt und er einunddreißig. Randi, so hieß sie, war nicht gleich mit sich darüber im reinen, was sie antworten sollte; sie wandte sich an ihre Eltern, diese aber überließen ihr ganz allein die Entscheidung. Sie meinten, er sei ein braver Mann, und was das Vermögen beträfe, so sei er die beste Partie, die sie machen könne. Der Altersunterschied sei groß, und wenn sie, jung wie sie sei, den Mut habe, sich in den großen Hof und die vielen für sie ganz ungewohnten Verhältnisse einzuleben, so müsse sie das mit sich selbst abmachen. Sie merkte deutlich, daß die Eltern lieber wollten, daß sie ja sagte als nein; aber sie war wirklich ängstlich dabei. So ging sie denn zu seiner Mutter hinüber, von der sie immer viel gehalten hatte. Sie glaubte, die Mutter habe darum gewußt, sah aber zu ihrer Verwunderung, daß sie nichts wußte. Die Mutter war so erfreut, daß sie sie mit aller Macht dahinzubringen suchte, ja zu sagen. – Ich will dir schon helfen, sagte sie. Vater will auf das Altenteil verzichten; er hat genug an dem seinen, und er will nicht, daß die Kinder sich auf seinen Tod freuen. Hier wird gleich alles geteilt, und das Wenige, wovon wir in Zukunft leben werden, kann geteilt werden, wenn wir tot sind. Daraus kannst du sehen, daß ihr unsertwegen keine Lasten zu übernehmen habt. – Ja, Randi wußte ja, daß Astrid und Knud gute Menschen seien. – Und der Junge, fuhr Astrid fort, ist gut und verständig. – Ja, das hatte Randi selbst erfahren, sie fürchte sich nicht davor, daß sie nicht mit ihm auskommen würde – wenn sie selber nur genügte!

Ein paar Tage später war die Sache abgemacht, und war Endrid froh, so waren es seine Eltern erst recht; denn dies war eine geachtete Familie, und das Mädchen war so hübsch und so gescheit, daß es in dieser Beziehung im ganzen Kirchspiel wohl keine bessere Partie gab. Die Hochzeit, über die sich die beiden Elternpaare beredeten, sollte kurz vor der Ernte stattfinden, denn hier lag kein Grund zum Warten vor.

Das Kirchspiel jedoch nahm diese Nachricht nicht so auf wie die, die sie anging. Man fand, das junge, schöne Mädchen habe »sich verkauft«. Sie war so jung, daß sie wohl kaum wußte, was heiraten war, und der schlaue Knud hatte den Sohn angetrieben, um das Mädchen zu werben, noch ehe es heiratsfähig war. Einiges von alledem kam dem jungen Mädchen zu Ohren; aber Endrid war liebevoll, und war es in so stiller, fast demütiger Weise, daß sie nicht mit ihm brechen wollte, wenn sie auch ein wenig kühl wurde. Beide Eltern hatten auch wohl dies oder das gehört, taten aber, als ob alles gut sei. Die Hochzeit sollte in großartiger Weise gefeiert werden, vielleicht gerade, um dem Gerede zu trotzen, und dies war aus demselben Grunde auch Randi nicht unangenehm. Knuds Freunde, der Pfarrer, der Hauptmann, der Vogt mit ihren großen Familien, waren auch eingeladen und sollten mit dem Brautzuge zur Kirche fahren. Aus diesem Grunde wünschte Knud keinen Spielmann – das sei zu altmodisch und zu bäurisch; aber Astrid hielt darauf, daß der Familienbrautmarsch sie zur Kirche und von da wieder nach Hause begleiten solle; sie waren selber zu glücklich bei seinen Klängen gewesen, daß sie ihn nun am Hochzeitstage ihrer lieben Kinder nicht hätten wieder ertönen hören wollen. Knud befaßte sich nicht gern mit Poesie und was dahin gehörte und ließ seiner Frau ihren Willen. So erhielten denn die Eltern der Braut einen Wink, daß die Spielleute bestellt werden könnten, und der alte Marsch, der jetzt eine Weile verstummt gewesen war, weil dieses Geschlecht ohne Sang und Klang gearbeitet hatte, wurde wieder begehrt.

Der Hochzeitstag brach leider mit einem heftigen Herbstregen an. Die Spielleute mußten die Fiedeln bedecken, nachdem sie den Brautzug vom Hofe heruntergespielt hatten, und sie holten sie nicht wieder hervor, bis sie so weit gekommen waren, daß sie die Kirchenglocken hören konnten. Ein Bursche mußte sich hinten auf den

Wagen stellen und einen Regenschirm über sie halten, und darunter saßen sie dicht zusammengekauert und fiedelten drauflos. Der Marsch klang bei einem solchen Wetter natürlich nicht, und das Brautgefolge, das hinterdrein kam, sah auch nicht sehr lustig aus. Der Bräutigam hielt den Hochzeitshut zwischen den Beinen und hatte einen Südwester auf dem Kopf; er hatte eine große Lederjacke übergezogen und hielt einen Regenschirm über die Braut, die, ein Tuch über dem andern, um die Krone und den übrigen Staat zu schonen, mehr einem nassen Heuhaufen glich als einem Menschen. So kamen sie, Wagen auf Wagen daher, die Männer triefend, die Frauen versteckt und eingepackt; es war wie ein verzauberter Brautzug, worin man kein bekanntes Gesicht, sondern nur eine Menge zusammengebeugter, zusammengestauter Woll- und Pelz- bündel sah. Die besonders zahlreich versammelte Volksmenge, die dastand und auf den reichen Brautzug wartete, mußte lachen, an- fangs wider Willen, aber dann bei jedem Wagen lauter und lauter. Vor dem großen Hause, wo das Gefolge aussteigen und den Hoch- zeitsstaat ein wenig zum Kirchgang ordnen sollte, stand ein Hausie- rer, ein lustiger Gesell, namens Aslak, auf einem Heuwagen, der am Beischlag in die Ecke geschoben war. Er rief, gerade als die Braut vom Wagen herabgehoben wurde: Nein, Schwerenot, ob Ole Hau- gens Brautmarsch heute nicht doch noch klingen wird!

Die Menge lachte – wenn es die meisten auch nur verstohlen ta- ten; man fühlte darum nur um so besser, was alle dachten und zu verheimlichen suchten.

Als sie der Braut die Tücher abgenommen hatten, sahen sie, daß sie weiß war wie ein Laken. Sie weinte, versuchte zu lachen, weinte dann wieder – und dann kam auf einmal heraus, daß sie nicht in die Kirche wollte! Während der Aufregung, die jetzt entstand, mußte sie in einem Nebenzimmer auf ein Bett gelegt werden, denn es be- fiel sie ein so heftiges Schluchzen, daß alle ganz ängstlich wurden. Ihre würdigen Eltern standen neben ihr, und als sie bat, sie möchten sie doch mit dem Gang in die Kirche verschonen, da sagten sie, sie müsse tun, was sie selbst wolle. Da gewahrte sie Endrid. Etwas so Unglückliches, ja Hilfloses hatte sie nie zuvor gesehen, denn ihm hatte ihr Verhalten die volle Wahrheit gezeigt. Ihm zur Seite stand seine Mutter; sie sagte nichts, und ihr Gesicht war unbeweglich. Aber Träne auf Träne rann ihr an den Wangen hinab, und ihre Augen hingen an denen Randis. Da richtete sich Randi auf den Ellenbogen auf, sah eine Weile vor sich nieder, während sie noch vom Weinen schluchzte: Ach nein, sagte sie, ich gehe in die Kirche. – Sie warf sich abermals hintenüber und weinte eine Weile bitterlich; dann aber stand sie auf. Ein wenig später fügte sie noch hinzu, daß sie keine Musik mehr haben wolle, und es geschah so, wie sie es wünschte. Aber die verabschiedeten Spielleute machten die Sache nicht besser, als sie unter die Leute hinauskamen.

Es war ein trübseliger Brautzug, der jetzt auf die Kirche zuschritt. Der Regen machte es ja möglich, daß Bräutigam und Braut ihre Gesichter vor der Neugier der Menge verbergen konnten, bis sie in der Kirche angelangt waren; aber sie fühlten, daß sie Spießruten liefen, und sie fühlten, daß ihr eigenes großes Gefolge schlecht bei Laune darüber war, daß es mit einem solchen Spottzuge genarrt worden war.

Das Grab des bekannten Spielmanns Ole Haugen lag dicht neben der Kirchentür. Stillschweigend war es in Ordnung gehalten worden: einer aus der Familie hatte ein neues Kreuz gesetzt, als das alte unten verfault war. Das Kreuz hatte nach oben zu die Form eines Rades, Ole hatte das selber so angeordnet. Das Grab lag an einer sonnigen Stelle, eine Fülle wilder Blumen wuchs hier. Jeder Kirchgänger, der einmal an diesem Grabe gestanden hatte, wußte durch irgendeinen Bekannten, daß einmal ein Mann, der dort im Tal und auf den Bergen ringsumher Kräuter und Blumen auf Staatskosten gesammelt hatte, auf diesem Grabe Blumen gefunden hätte, wie man sie sonst in meilenweitem Umkreise nicht fand. Das bewirkte, daß die Bauern, die sonst wenig Achtung vor dem hatten, was sie Unkraut nannten, eine neugierige Freude, vielleicht auch eine neugierige Scheu beim Anblick dieser Blumen empfanden; einige von diesen Blumen waren ungewöhnlich anmutig. Als aber das Brautpaar hier vorüberkam, merkte Endrid, der Randis Hand in der seinen hielt, daß sie schauderte; denn es war ihr, als sei Ole Haugen heute aus seinem Grabe erstanden, um Spuk zu treiben. Gleich darauf fing sie wieder an zu weinen, und so kam sie weinend in die Kirche und ward weinend in ihren Stuhl geführt. So war seit Menschengedenken keine Braut in diese Kirche gekommen.

Sie fühlte, wie sie so dasaß, daß sich jetzt das Gerücht, das im Umlauf war, bestätigte, daß sie wirklich verkauft sei. Die entsetzliche Schande für die Eltern, die hierin lag, bewirkte, daß sie eine Weile ganz kalt wurde und das Weinen zurückhalten konnte. Vor dem Altar aber geriet sie infolge einer Äußerung des Pfarrers abermals in Erregung, und sofort stürmte alles, was sie heute durchgemacht hatte, auf sie ein; es war ihr einen Augenblick, als könnte sie den Leuten nie wieder in die Augen sehen, und am allerwenigsten ihren Eltern.

Alles, was folgte, war nur eine Wiederholung desselben, und deswegen wollen wir hier nur noch mitteilen, daß sie während des Mittagessens nicht mit am Tische sitzen konnte, und als man sie mit Bitten und Drohungen dazu vermocht hatte, am Abendessen teilzunehmen, verdarb sie das nur und mußte zu Bett gebracht werden. Die Hochzeit, die mehrere Tage hatte dauern sollen, löste sich noch an demselben Abend auf. Die Braut ist krank geworden, hieß es.

Obwohl niemand von denen, die dies sagten oder sagen hörten, es glaubte, so war es doch nur allzu wahr. Sie war nicht mehr gesund, und sie wurde auch nicht wieder gesund. Und eine Folge hiervon war, daß ihr erstes Kind kränklich war. Die Liebe der Eltern zu diesem Kinde wurde natürlich nicht verringert dadurch, daß sie gewissermaßen selbst Schuld trugen an seinem Leiden. Sie verkehrten mit niemand als mit diesem Kinde, in die Kirche kamen sie nicht, sie waren menschenscheu geworden. Zwei Jahre ließ ihnen Gott die Freude an dem Kinde; aber dann nahm er ihnen auch die.

Der erste Gedanke, in dem sie sich nach diesem Schlage zurechtzufinden vermochten, war der, daß sie dieses Kind zu sehr geliebt hätten, deswegen hätten sie es verloren. Und als sie dann wieder eins bekamen, war es, als ob keins von ihnen wagte, sich ihm hinzugeben. Aber das Kind, das anfänglich ebenfalls schwächlich zu sein schien, blühte auf und war viel munterer als das erste, so daß es unwiderstehlich für sie wurde. Sie vermochten sich einer neuen, reinen Freude hinzugeben; es war ihnen möglich, zu vergessen, was geschehen war, wenn sie bei dem Kinde saßen. Aber als es zwei Jahre alt war, nahm Gott auch dieses zu sich.

Manche Menschen scheinen ausersehen zu sein, Schmerz zu leiden. Es sind gerade die, die ihn unserer Ansicht nach am wenigsten verdienen. Aber es sind auch die, die das Zeugnis des Glaubens und des Entsagens am wahrhaftigsten verbreiten können. Diese beiden hatten früh Gott miteinander gesucht; hinfort fanden sie ihre einzige Zuflucht bei ihm. Das Leben auf Tingvold war lange still gewesen, jetzt war es wie in einer Kirche, ehe der Pfarrer eintritt. Die Arbeit ging ihren ununterbrochenen Gang, zwischen jeder Arbeitsstunde aber hielten die beiden eine kleine Erbauungsstunde ab, in der sie mit den Heimgegangenen vereint waren. Das änderte sich nicht, als Randi bald nach dem letzten Verlust eine Tochter bekam; die beiden Verstorbenen waren Knaben gewesen, und ein Mädchen war ihnen schon aus diesem Grunde keine Freude. Sie wußten ja auch nicht, ob sie es behalten würden. Aber die Gesundheit und das Glück, dessen sich die Mutter bis zu dem Verlust des letzten Knaben erfreut hatte, war dem Kinde, das sie unter dem Herzen getragen hatte, zugute gekommen; es zeigte sich bald, daß es ein ungewöhnlich lebhaftes Mädchen war, mit dem schönen Gesicht der Mutter in Knospengestalt. Wieder trat an das einsame Paar die Versuchung heran, sich diesem Kinde in Hoffnung und in Freude hinzugeben; aber das verhängnisvolle zweite Jahr war noch nicht vergangen, und als es vergangen war, da war es ihnen, als sei ihnen nur eine Gnadenfrist geschenkt worden. Sie wagten es nicht.

Die beiden Alten hatten sich sehr zurückgehalten; denn das Gemüt jener war dem Trost und der Freude anderer nicht zugänglich. Knud war außerdem viel zu weltlich lebhaft, als daß er lange in einem Trauerhause hätte sitzen oder sich regelmäßig zur Andacht hätte einfinden können. Deswegen siedelte er nach einem Gehöft über, das ihm gehörte, das er aber bisher verpachtet hatte; jetzt übernahm er es selber und richtete alles so leicht und so schön für seine liebe Astrid ein, daß diese, die doch am liebsten auf Tingvold gewesen wäre, blieb, wo er war, und mit ihm lachte, statt mit den Kindern zu weinen. Da kam Astrid eines Tages zu der Schwiegertochter hinüber; sie sah die kleine Mildrid, und sie sah, daß das Kind ganz für sich allein umherging; die Mutter wagte es kaum anzurühren. Sie sah, als der Vater hereinkam, an ihm dieselbe schwermütige Zurückhaltung gegen sein eigenes, einziges Kind. Sie verbarg ihre Gedanken; als sie aber nach Hause zu ihrem lieben, guten Knud zurückkam, stellte sie ihm vor, wie schlecht es auf Tingvold stünde; dort sei jetzt ihr Platz. Die kleine Mildrid müsse jemand haben, der sich über sie zu freuen wage; denn es erwüchse dem Geschlecht in diesem Kinde etwas ungemein Feines und Liebliches. Knud wurde von ihrem lebhaften Eifer hingerissen, die beiden Alten packten zusammen und zogen wieder heim.

So kam denn Mildrid zu den Großeltern, und die Alten lehrten die Eltern sie lieben. Als aber Mildrid fünf Jahre alt war, bekamen sie noch eine Tochter, die sie Beret nannten, und dies hatte zur Folge, daß sich Mildrid meist zu den Alten hielt.

Jetzt wagten die verschüchterten Eltern wieder an das Leben zu glauben! Hierzu trug nicht wenig die veränderte Stimmung rings um sie her bei. Nach dem Verlust des zweiten Kindes sahen die Leute immer, daß sie geweint hatten, aber nie, daß sie weinten; ihr Schmerz war ganz still gewesen. Das gute, gottesfürchtige Leben auf Tingvold hatte die Dienstboten auf dem Hofe festgehalten, und von ihnen ging eitel Lob über die Herrschaft aus. Sie hatten selber ein Gefühl davon. Auch Freunde und Verwandte fingen wieder an, sie zu besuchen, und fuhren damit fort, selbst als die Leute von Tingvold die Besuche nicht erwiderten.

In der Kirche aber waren sie seit dem Hochzeitstage nicht wieder gewesen! Sie empfingen das Abendmahl zu Hause, sie hielten selber Andachten. Als sie aber das zweite Mädchen bekamen, wünschten sie selbst Gevatter zu stehen, und da wagten sie sich zum erstenmal wieder in die Kirche. Da besuchten sie miteinander die Gräber ihrer Kinder, da gingen sie zusammen an Ole Haugens Grab vorüber, ohne ein Wort zu sagen oder Bewegung zu zeigen, und die ganze Gemeinde erzeigte ihnen Ehrfurcht. Sie aber fuhren fort, für sich zu leben, und eine fromme Ruhe lag über ihrem Hofe.

Aber bei der Großmutter sang die kleine Mildrid eines Tages den Brautmarsch. Im höchsten Entsetzen hielt die alte Astrid mit der Arbeit inne und fragte, wo in aller Welt sie das gelernt habe. Das Kind antwortete, sie habe es ja von ihr gelernt. Der alte Knud, der dabei saß, brach in lautes Lachen aus, denn er wußte ja, daß Astrid die Gewohnheit hatte, die Melodie vor sich hinzusummen, wenn sie still bei ihrer Arbeit saß. Jetzt hießen beide aber die kleine Mildrid, sie niemals zu singen, wenn es die Eltern hörten. Kinder pflegen ja zu fragen: Warum? Aber auf ihre Fragen bekam sie keine Antwort. Da hörte sie, daß der neue Hirtenjunge die Melodie eines Abends beim Holzhacken sang. Sie sagte das der Großmutter, die es auch gehört hatte, diese aber antwortete nur: Ach, der wird hier nicht alt! – und am nächsten Tage mußte er auch wirklich fort. Es war ihm kein Grund angegeben worden, aber er erhielt seinen Lohn und den Abschied. Nun wurde Mildrid so neugierig, daß die Großmutter versuchen mußte, ihr die Geschichte des Brautmarsches zu erzählen. Die achtjährige Kleine verstand sie sehr wohl, und was sie jetzt nicht verstand, ging ihr später auf. Die Geschichte wurde von einem Einfluß für das Leben ihrer Kindheit, wie nichts anderes ihn gehabt hatte oder haben konnte, er wurde die Grundlage für ihr Verhältnis zu den Eltern.

Kinder haben unglaublich früh Verständnis und Teilnahme für den, der nicht glücklich ist. Mildrid fühlte, daß es bei den Eltern still sein mußte. Es wurde ihr nicht schwer, sich dahinein zu schicken, denn sie waren so sanft, sprachen so unablässig, aber leise mit ihr von dem großen Kinderfreund im Himmel, daß sich ein Zauberglanz über das Zimmer legte. Die Geschichte des Brautmarsches aber verlieh ihr ein rührendes Verständnis für das, was die Eltern durchgemacht hatten. An den schmerzlichen Erinnerungen ging sie vorsichtig vorüber, und sie bekundete eine schüchterne, aber innige Liebe in allem, was sie mit ihnen teilen durfte, und das war ihre Gottesfurcht, ihre Wahrhaftigkeit, ihre Sanftmut, ihre Arbeitsamkeit. Nachmals, als Beret heranwuchs, lernte diese dasselbe; denn der erziehende Beruf des Weibes erwachte schon in frühester Kindheit in Mildrid.

Bei den Großeltern strömte das Leben, das sich in der Wohnstube nicht Luft machen durfte. Hier wurde gesungen und getanzt, hier wurde gespielt und wurden Märchen erzählt. Und so wurde die Zeit während des Heranwachsens der Schwestern zwischen der tiefen Liebe zu ihren schwermütigen Eltern in der stillen Stube und dem fröhlichen Leben in der der Großeltern geteilt; aber in so zarter Weise fand diese Teilung statt, daß die Eltern selbst sie hießen, wieder hinüberzugehn »und recht liebe Mädchen zu sein«.

Wenn ein Mädchen im Alter von zwölf bis sechzehn Jahren eine Schwester im Alter von sieben bis elf Jahren in ihr ganzes Vertrauen zieht, so erhält sie als Gegengabe eine große Hingebung. Aber die Kleine wird dadurch leicht ein wenig frühreif. Mildrid selbst gewann dagegen viel dadurch, daß sie nachsichtig, trostreich, mitteilsam und empfänglich war, und sie war der Eltern und der Großeltern stille Freude.

Es ist nichts weiter zu berichten, bis Mildrid in ihr fünfzehntes Jahr eintrat, denn da starb der alte Knud schnell und leicht. Es war kaum ein Übergang gewesen zwischen den beiden Augenblicken, wo er noch im Zimmer gesessen und gescherzt hatte, und wo er als Leiche dalag.

Das Schönste, was die Großmutter fortan kannte, war, Mildrid auf dem Kinderschemel zu ihren Füßen sitzen zu haben, wie sie es gewohnt gewesen waren, seit Mildrid noch ganz klein war, und ihr dann entweder selber von Knud zu erzählen, oder Mildrid den Brautmarsch leise vor sich hinträllern zu lassen. Bei seinen Tönen sah Astrid den kräftigen, dunkeln Kopf in ihrer eigenen Kindheit auftauchen; bei ihnen konnte sie ihm auf die Bergabhänge über dem Hofe folgen, wo er als Hirte den Marsch blies; bei ihnen fuhr sie an seiner Seite zur Kirche, bei ihnen lebte sein munteres, kluges Bild am klarsten wieder auf. In Mildrids Seele aber begann diese Melodie auf neue Weise anzuklingen. Während sie dasaß und der Großmutter vorsang, fragte sie sich: Wird er mir jemals gespielt werden?

Von dem Augenblick an, wo diese Frage in ihr erwacht war, stand sie immer größer vor ihr; der Brautmarsch barg ein stillstrahlendes Glück in seinen Tönen. Sie sah eine Brautkrone in seinem Sonnenschein glänzen, der eine lange, lichte Fahrt in die Zukunft verhieß. Sechzehn Jahre – und sie fragte sich: Werde ich – ja, werde ich selber jemals bei seinen Tönen dahinfahren, Vater und Mutter hinter mir drein, an einer Volksmenge vorüber, die nicht lacht, fröhlich aussteigen, wo die Mutter weinte, an Ole Haugens blühendem Grabe vorübergehn und in strahlender Freude zum Altare schreiten, zur Genugtuung von Vater und Mutter?

Dies war die erste Gedankenreihe, die sie Beret nicht anvertraute. Nachmals wurden es mehrere. Beret, die jetzt in ihr zwölftes Jahr trat, fühlte sehr wohl, daß sie mehr allein war, faßte aber nicht recht, daß sie allmählich hinausgedrängt worden war, bis eine andere in ihre Rechte eintrat. Es war dies die achtzehnjährige, jüngst verlobte Inga, ihre Base vom Nachbarhof. Wenn sie die beiden Arm in Arm, wie es die jungen Mädchen gern tun, flüsternd und lachend über die Felder dahingehen sah, konnte sie sich zu Boden werfen und vor Eifersucht weinen.

Mildrid ging zum Konfirmandenunterricht, dort lernte sie gleichaltrige Mädchen kennen, und einige von ihnen kamen des Sonntags nach Tingvold. Sie hielten sich draußen auf den Feldern oder drinnen in der Großmutterstube auf. Tingvold war ja ein verschlossener, aber ersehnter Ort für die Jugend gewesen. Es kamen aber auch jetzt nur solche dorthin, die ein gewisses stilles Wesen hatten; denn es ließ sich nicht leugnen, daß etwas Gedämpftes über Mildrid lag, das nur einzelne anzog.

Um diese Zeit wurde unter der Jugend sehr viel gesungen. So etwas ist niemals zufällig; aber es hat eben seine Zeiten, und diese Zeiten haben wieder ihre Vorsänger. Unter diesen befand sich merkwürdigerweise wieder einer aus dem Geschlecht der Haugen. In einem Volke, wo einstmals, wenn auch vor vielen hundert Jahren, fast jeder Mann und jede Frau im Gesang Ausdruck für das gesucht und gefunden hatte, was am stärksten in ihnen lebte und webte, und sie selber die Verse dichten konnten, worin sich diese Gefühle Luft machten – da kann die Kunst niemals ganz aussterben, sondern in der einen oder in der anderen Gegend muß sie weiterleben und kann auch leicht wiedererweckt werden, wo man sie nicht mehr hört. In diesem Kirchspiel war aber seit undenkbaren Zeiten immer viel gedichtet und gesungen worden; Ole Haugen war nicht aus nichts und ebensowenig für nichts gerade hier geboren worden. Der Sohn seines Sohnes aber war es, der gerade jetzt wieder die Gabe der Töne empfangen hatte. Ole Haugens Sohn war so viel jünger gewesen als die Tochter, die sich nach Tingvold verheiratet hatte, daß diese als Frau bei ihm Gevatter gestanden hatte. Nach vielen Wechselfällen des Schicksals hatte er als ganz alter Mann des Vaters kleine Freisassenstelle am Fuße des Berges erhalten und sich merkwürdigerweise erst dann verheiratet. Er bekam mehrere Kinder, und unter ihnen einen Jungen, der Hans genannt wurde, und dieser schien des Großvaters Gabe geerbt zu haben, jedoch nicht eigentlich für das Fiedelspiel, obwohl er spielte, sondern mehr für das Singen alter und das Dichten neuer Lieder. Der Sinn dafür wurde nicht wenig dadurch vermehrt, da ihn nur wenige kannten, obwohl er mitten unter ihnen lebte. Ja, es gab nicht einmal viele, die ihn überhaupt je gesehen hatten. Die Sache war die, daß sein alter Vater Jäger gewesen war, und die Söhne waren noch ganz klein, als der Greis auf dem Hügel saß und seine Jungen laden und zielen lehrte. Seine Freude soll über die Maßen groß gewesen sein, als sie mit ihrer Flinte das Pulver und den Hagel verdienen konnten, den sie verschossen. Weiter kam er nicht mit ihnen. Ihre Mutter starb bald nach ihm, und da mußten denn die Kinder sich selbst helfen, und das taten sie. Die Jungen gingen auf die Jagd, und die Mädchen bewirtschafteten ihre kleine Häuslerstelle am Fuße des Berges. Es erregte Aufsehen, wenn sie sich ausnahmsweise einmal unten im Tale zeigten; aber das geschah nicht oft, denn im Winter waren die Wege, die von ihnen hinabführten, schlecht, und sie beschränkten sich auf den Verkehr mit dem Kirchspiel, wenn sie hinabmußten, um ihr Wild zu verkaufen oder verschicken zu lassen; und im Sommer durchstreiften sie das Gebirge mit Reisenden. Von allen Höfen im Kirchspiel war der ihre der am höchsten gelegene, er war berühmt wegen seiner reinen Gebirgsluft, die Brustkranke und nervenschwache Leute besser heilen kann als irgendeine Arznei; deswegen hatten sie das Haus alljährlich voll von Leuten aus der Stadt und aus dem Auslande. Sie bauten mehrere Stuben an, aber alle wurden voll. Von armen, ja kümmerlich armen Leuten hatte sich diese Geschwisterfamilie dadurch zu Wohlstand emporge-schwungen. Der Verkehr mit allen den Fremden hatte ihnen ein eigentümliches Gepräge verliehen; sie verstanden sogar etwas von fremden Sprachen. Hans hatte seinen Geschwistern vor mehreren Jahren den Hof abgekauft, so daß das Ganze jetzt in seinem Namen betrieben wurde; er war zu dieser Zeit achtundzwanzig Jahre alt. Bei den Verwandten auf Tingvold hatte noch niemand von ihnen einen Fuß über die Schwelle gesetzt. Endrid und Randi Tingvold machten sich das gewiß nicht klar, aber sie konnten es ebensowenig ertragen, daß ein Name von dort genannt wurde, wie sie den Hoch-zeitsmarsch anhören konnten. Der arme Vater der Kinder halte dies gelegentlich erfahren, und Hans hatte deswegen seinen Geschwis-tern verboten, dort zu verkehren. Aber die Mädchen von Tingvold, die Freude am Gesang hatten, sehnten sich unbeschreiblich nach ihm und schämten sich darüber, daß die Eltern den Umgang mit der Familie gemieden hatten. In dem neuen Mädchenkreise auf Tingvold wurde mehr nach Hans Haugen und seinen Geschwistern gefragt und von ihnen erzählt als von irgend etwas anderm.

In dieser schönen sangesreichen und geselligen Zeit wurde Mildrid im Alter von ungefähr siebzehn Jahren konfirmiert. Eine kurze Zeit vorher war alles still gewesen, eine kurze Zeit nachher war es ebenso. Aber zum Frühling oder vielmehr zum Sommer sollte sie, wie alle Mädchen, wenn sie konfirmiert waren, mit den Kühen auf die Alm ziehen. Sie freute sich unbeschreiblich darauf! Ihre verlobte Freundin sollte die benachbarte Alm beziehen.

Beret sollte sie auf die Alm hinaufbegleiten, und Mildrids Sehnsucht erfaßte auch sie. Aber als sie auf die Alm hinaufkamen, wo all das Neue Berets Gedanken in Anspruch nahm, peinigte Mildrid noch dieselbe Unruhe. Rastlos arbeitete sie mit dem Vieh und in der Milchwirtschaft – aber die lange Zeit, die ihr noch blieb, vermochte sie nicht befriedigend auszufüllen. Stundenlang weilte sie bei Inga und ließ sich von deren Geliebten erzählen; tagelang aber wollte sie dann gar nicht wieder zu ihr gehn. Wenn Inga zu ihr kam, war sie fröhlich und herzlich, als bereue sie ihre Treulosigkeit – ward ihrer dann aber sehr bald überdrüssig. Mit Beret sprach sie nur selten, und oft, wenn Beret mit ihr sprach, erhielt sie keine andere Antwort als ja und nein. Beret ging weinend zu der Herde hinauf und gesellte sich den Hirtenknaben zu. Mildrid fühlte, daß hier etwas zerbrochen war, aber sie konnte es mit dem besten Willen nicht wieder zusammenfügen.

Da saß sie eines Tages in der Nähe der Grasweide. Einige Ziegen hatten die Gelegenheit wahrgenommen, sich von der Kleinviehherde wegzustehlen, und die mußte sie nun hüten. Es war am Vormittag eines warmen Tages, sie saß im Schatten unterhalb eines mit Gesträuch und Birken bewachsenen Bergrückens; sie hatte die Jacke abgeworfen und das Strickzeug zur Hand genommen. Sie erwartete Inga. Es raschelte hinter ihr – da kommt sie, dachte sie und sah auf.

Aber es erhob sich ein stärkeres Geräusch, als Inga ihrer Ansicht nach verursachen konnte, das Gesträuch wurde niedergebrochen und zerknickt – Mildrid erbleicht und springt auf – und erblickt etwas Zottiges und ein paar blitzende Augen darunter: das muß ein Bärenkopf sein! Sie will schreien, bringt aber keinen Ton hervor; sie will aufspringen, vermag sich aber nicht zu rühren. Da richtet es sich ganz auf – es war ein großer, breitschultriger Mann mit einer Pelzmütze und einem Gewehr in der Hand. Er blieb wie angewurzelt mitten im Gestrüpp stehen und sah sie an. Ein scharfes Auge, das aber sogleich einen anderen Ausdruck annahm; er tat ein paar Schritte vorwärts, ein Sprung, und dann stand er auf der Wiese neben ihr. Es berührte sie etwas am Bein, sie stieß einen leisen Schrei aus: es war sein Hund, den sie bis dahin nicht gesehen hatte.

Ach! sagte sie, ich glaubte schon, es sei ein Bär, der durch das Gestrüpp bräche, deswegen erschrak ich so. – Sie versuchte zu lächeln. – Ja, das ist nicht weit vom Ziel vorbeigeschossen, sagte er, und er sprach auffallend leise: Kvas und ich waren gerade einem Bären auf der Spur, aber jetzt haben wir sie verloren – und wenn es ein wildes Tier gibt, das mir folgt,[1] so ist es bestimmt ein Bär. – Er lächelte. Sie sah ihn an. Was war das nur für ein Mann? Hoch, breitschultrig, mit sich beständig verändernden Augen, so daß sie nicht hineinsehen konnte; und dann stand er ihr so nahe, der wie aus der Erde geschossen war mit seiner Flinte und seinem Hunde; sie hatte die größte Lust zu sagen: Geh fort! Statt dessen aber trat sie selbst ein paar Schritte zurück und fragte: Wer bist du? denn sie fürchtete sich wirklich. Hans Haugen! antwortete er zerstreut, denn er beobachtete den Hund, der offenbar die Spur wiedergefunden hatte. Er wandte sich schnell zu ihr, um ihr Lebewohl zu sagen; aber als er sie ansah, stand das Mädchen wie mit Blut übergossen da, Wangen, Hals, Brust, alles war rot. – Was hast du denn? fragte er verwundert. Sie wußte nicht, wo sie hin sollte, ob sie weglaufen, sich abwenden oder sich hinsetzen sollte. – Wer bist du? fragte er. Und nochmals wurde sie über und über rot; denn ihm sagen, wer sie war, hieß ja, ihm alles sagen. – Wer bist du? fragte er noch einmal, als sei das die natürlichste Frage von der Welt, die doch Antwort verdiente; und sie konnte sich ja nicht weigern, sie schämte sich ihrer selbst und ihrer Eltern, weil sie ihr eigenes Geschlecht verleugnet hatten, aber der Name mußte heraus: Mildrid Tingvold! flüsterte sie und brach in Tränen aus.

Es war wahr: aus freien Stücken hätte er wohl niemals jemand von den Leuten von Tingvold begrüßt. Aber das, was jetzt geschah, war ganz anders, als er es sich gedacht hatte. Er sah sie mit großen Augen an: da schwebte etwas in seiner Erinnerung vorüber, daß

---

[1] Der alte Glaube, daß jeder Mann von einem unsichtbaren wilden Tier begleitet wird, das seinen Charakter ausdrückt, findet sich noch häufig unter den Bauern.

ihre Mutter an dem Tage, wo sie getraut worden war, so in der Kirche geweint hatte; vielleicht liegt das in der Familie, dachte er und wollte sich entfernen. - Du mußt mir verzeihen, wenn ich dich erschreckt habe, sagte er und folgte seinem Hunde; er ging hastig die Höhe hinan.

Als sie aufzublicken wagte, hatte er gerade den Kamm erreicht und wandte sich um und sah zu ihr herüber. Es war nur ein Augenblick, denn plötzlich bellte der Hund auf der anderen Seite, er zuckte zusammen, hob das Gewehr und eilte davon. Mildrid stand noch da und sah nach der Stelle hinauf, wo er gestanden hatte, als ein Schuß sie aufschreckte. Sollte der Bär ihr so nahe gewesen sein? Und sie kletterte da hinauf, wo er eben noch geklettert war, und stand da, wo er gestanden hatte, beschattete ihre Augen mit der Hand gegen die Sonne - und wirklich: halb von einem Busch versteckt lag er auf den Knien über einem großen Bären! Ehe sie sich dessen bewußt war, war sie zu ihm hinabgesprungen; er lachte ihr entgegen und erzählte ihr, aber immer mit leiser, weicher Stimme, wie es zugegangen sein könnte, daß sie die Spur verloren hatten, obgleich er doch ganz in der Nähe gewesen war. Er erklärte ihr, warum der Hund den Bären nicht eher habe wittern können, als bis er ihm ganz nahe gewesen war - und währenddes hatte sie Tränen und Scheu vergessen, und er hatte das Messer herausgezogen; er wollte ihm gleich das Fell abziehen. Das Fleisch war um diese Zeit ungenießbar, er wollte es sofort eingraben; das Fell aber wollte er mitnehmen. Und sie hielt fest, und er zog die Haut ab; dann lief sie nach der Alm hinauf, um Axt und Spaten für ihn zu holen, und obwohl sie sich vor dem Bären fürchtete, und obwohl er übel roch, fuhr sie fort, ihm zu helfen, bis er fertig war. Inzwischen war es Mittag geworden, und er lud sich selber zum Essen bei ihr ein. Er wusch erst sich und das Fell, was eine schwere Arbeit war, und als er damit fertig war, setzte er sich zu ihr in die Hütte, denn sie war zu ihrer Beschämung noch nicht fertig. Er plauderte über dies und das, leicht und behaglich, aber mit leiser Stimme, wie es Leute zu tun pflegen, die viel allein umherstreifen. Mildrid gab so kurze Antworten wie nur möglich; als sie ihm aber am Tische gerade gegenübersaß, konnte sie weder sprechen noch essen, so daß es oft ganz still um sie her wurde. Als er fertig war, drehte er sich auf seinem Schemel um, stopfte sich eine Pfeife und zündete sie dann an. Er war auch wortkarg geworden, und nach einer Weile erhob er sich: Ich habe einen weiten Weg heim, sagte er, und indem er ihr die Hand gab, fügte er noch leiser hinzu: Sitzt du jeden Tag da, wo du heute saßt? Er behielt ihre Hand einen Augenblick in der seinen, als erwarte er eine Antwort. Sie wagte nicht aufzusehen, geschweige denn zu antworten. Da fühlte sie einen kräftigen Druck seiner Hand: Hab Dank für den heutigen Tag, sagte er, und ehe sie sich noch fassen konnte, sah sie ihn mit der Bärenhaut über der Schulter, das Gewehr in der Hand, den Hund an der Seite durch das Heidekraut dahingehn. Seine Gestalt hob sich von der Luft ab, denn die Berge lagen seitwärts; sein leichter, kräftiger Gang trug ihn rasch davon; sie ging hinaus und sah ihm nach, bis er verschwunden war.

Jetzt erst fühlte sie es, daß ihr das Herz so schlug, daß sie die Hände darauf pressen mußte. Nach einer Weile lag sie auf dem Rasen, das Gesicht auf ihrem Arm, und auf das genaueste durchlebte sie die Ereignisse des Tages noch einmal im Geiste. Sie sah ihn im Gebüsch über ihr auftauchen, sie sah ihn breitschultrig mit dem sich rasch verändernden Auge gerade vor sich stehen; sie fühlte, wie ihre Furcht und das verlegene Weinen sie überkam. Sie sah ihn auf dem Kamm im Sonnenschein, sie hörte den Schuß, sie lag vor ihm auf den Knien, während er den Bären abzog; sie vernahm noch einmal jedes Wort, das er gesagt hatte, und seine leise Stimme, die so vertraulich geklungen hatte, daß ihr das Herz still stand, wenn sie daran dachte – sie hörte die Stimme wieder von dem Schemel her vor dem Herde, während sie kochte, und am Tische, während er aß; sie fühlte, wie sie ihm da nicht mehr in die Augen zu sehen gewagt hatte, und sie fühlte, wie sie schließlich auch ihn verlegen gemacht hatte, denn er hatte geschwiegen. Sie hörte ihn noch einmal sprechen, während er ihre Hand ergriff, und sie fühlte den Druck seiner Hand – es ging ihr durch den ganzen Körper bis in die Fußspitzen! Sie sah ihn über das Heidekraut davongehn, davon, davon! – Ob er jemals wiederkehren würde? So wie sie sich benommen hatte – unmöglich! Nein, wie stark, wie schön, wie selbständig war nicht alles, was sie von ihm gesehen hatte – und wie dumm und jämmerlich war nicht alles, was er von ihr gesehen hatte! Ja, jämmerlich von dem ersten Schrei wegen des Hundes bis zu der Schamröte und dem Weinen, von der ungeschickten Hilfe, die sie ihm geleistet hatte, bis zu dem Essen, das sie nicht früh genug fertig bekam! Und daß sie ihm nicht antworten konnte, ja nicht einmal, wenn er sie ansah – und dann zuletzt, als er sie gefragt hatte, ob sie jeden Tag unter der Höhe säße, daß sie da nicht nein gesagt hatte, denn sie saß ja nicht jeden Tag unterhalb der Höhe! Mußte ihr Schweigen nicht so ausgelegt werden, als bitte sie ihn, als bitte sie ihn stillschweigend, sich wieder nach ihr umzusehen? – Ihre ganze jämmerliche Hilflosigkeit – mußte die nicht ebenso gedeutet werden? – Ach, wie sie sich schämte! Ihr ganzer Körper glühte, und vollends ihr Gesicht, das sie tiefer und tiefer vergrub – und dann rief sie sich doch wieder das ganze Bild vor die Seele, seine Herrlichkeit, ihre Jämmerlichkeit, und dann schämte sie sich noch mehr!

Als schon die Herdenglocken meldeten, daß das Vieh heimkehre, lag sie noch immer da, beeilte sich jetzt aber und machte sich an die Arbeit. Als Beret kam, sah sie sofort, daß hier etwas losgewesen sei; denn Mildrid tat so wunderliche Fragen und gab so verkehrte Antworten und benahm sich überhaupt so eigentümlich, daß Beret mehrmals stillstand und sie ansah. Und als sie Abendbrot essen wollten und Mildrid sagte, sie könne nicht essen, und sich statt dessen draußen hinsetzte, da fehlte wenig, daß sich Berets Ohren vorrichteten, so daß sie völlig einem Jagdhund geglichen hätte, der etwas wittert. Beret aß und entkleidete sich; sie schliefen in einem Bett, und als Mildrid nicht kam, stand Beret mehrmals leise auf und sah nach, ob die Schwester noch immer dort säße, und ob sie allein säße. Ja, sie saß da und immer allein! Es wurde elf, es wurde zwölf, es wurde eins, und Mildrid saß draußen, und Beret schlief nicht. Sie stellte sich freilich so, als Mildrid endlich kam, und Mildrid bewegte sich leise, ach so leise; aber die Schwester hörte sie seufzen, als sie ins Bett gekommen war, sie hörte sie ihr gewohntes Abendgebet so schweren Herzens beten, hörte sie flüstern: Ach, stehe mir hierin bei, lieber, lieber Gott! – Worin soll er ihr beistehn? dachte Beret. Sie konnte nicht einschlafen, sie hörte auch, wie sich die Schwester vergebens zum Schlafen zurechtlegte, bald auf die eine, bald auf die andere Seite; sie sah, wie sie schließlich völlig verzweifelt die Bettdecke zurückschob, die Hände unter den Kopf legte und mit offenen Augen vor sich hinstarrte. Mehr sah oder hörte sie nicht, denn dann schlief sie ein. Als sie am nächsten Morgen erwachte, war die Schwester nicht mehr im Bette. Sie sprang auf; die Sonne stand schon hoch am Himmel. Das Vieh war längst auf der Weide. Sie fand ihr Essen bereitgestellt, beeilte sich, es zu verzehren, ging hinaus und fand Mildrid bei der Arbeit; aber sie sah sehr angegriffen aus. Beret sagte ihr, sie wolle sogleich zur Herde und dort bleiben. Die Schwester antwortete nicht, warf ihr aber einen Blick zu, als danke sie ihr. Beret sann eine Weile nach und ging dann.

Mildrid sah sich um; ja, sie war allein. Da beeilte sie sich, die Milchgefäße zurechtzusetzen, mit dem übrigen mochte es gehn, wie es wollte. Sie wusch sich und kämmte sich und eilte in die Hütte, um die Kleider zu wechseln, dann nahm sie ihr Strickzeug und begab sich nach der Höhe.

Sie hatte nicht die neue Kraft des neuen Tages, denn sie hatte ja fast nicht geschlafen und seit vierundzwanzig Stunden so gut wie nichts gegessen. Sie ging völlig wie im Traume dahin, und es war ihr, als könnte sie nicht eher Klarheit dahinein bekommen, als bis sie wieder an demselben Platze war, wo er gestern gesessen hatte.

Aber sie hatte sich dort kaum hingesetzt, als sie auch schon dachte: Wenn er käme und fände mich hier – er müßte ja glauben? – Sie sprang unwillkürlich auf. Da sah sie seinen Hund auf der Höhe; er blieb stehen und sah sie an, sprang dann herunter und kam wedelnd auf sie zu. All ihr Blut stockte. Da! da stand er mit dem Gewehr in der Sonne, ganz so wie gestern; er war heute einen anderen Weg gekommen! Er lächelte ihr zu, stand eine Weile unschlüssig da, dann kletterte er herunter und stand bald vor ihr. Sie hatte einen leisen Schrei ausgestoßen und war dann auf ihren Sitz zurückgesunken. Sie war trotz der Aufbietung aller Kräfte nicht imstande, sich zu erheben. Das Strickzeug fiel hin, sie wandte ihr Gesicht ab. Er sprach kein Wort. Aber sie spürte, wie er sich dicht vor ihr ins Gras legte, die Augen zu ihr erhoben, und auf der anderen Seite sah sie den Hund, der seine Augen auch auf sie gerichtet hatte. Sie fühlte, daß er, obwohl sie sich abgewandt hatte, ihr Erröten, ihre Augen, ihr Gesicht sehen konnte. Sein rasches Atemholen steckte sie an; sie glaubte seinen Atem auf ihrer Hand zu fühlen, aber sie wagte nicht, sich zu rühren. Sie wünschte nicht, daß er reden möchte, und doch war es schrecklich, daß er schwieg. Er mußte ja wissen, weshalb sie jetzt hier saß, und eine größere Scham, als sie empfand, hatte wohl noch niemals jemand empfunden. Aber es war auch nicht recht von ihm, daß er gekommen war, und noch weniger recht war es, daß er jetzt dasaß. Da wurde plötzlich ihre eine Hand ergriffen und festgehalten, und dann auch die andere, und da mußte sie sich ein wenig umwenden – und gut und stark zog er sie mit Auge und mit Hand sanft zu sich. Sie glitt zur Erde nieder an seine Seite, so daß ihr Kopf an seine Brust sank. Sie fühlte, wie er ihr mit der einen Hand über das Haar strich, aber sie wagte nicht, aufzusehen. Ihr ganzes Benehmen war so tief unwürdig – und dann brach sie in heftiges Weinen aus! – Ja, weine du nur, dann werde ich lachen, sagte er; denn das, was uns beiden geschehen ist, ist beides, zum Lachen und zum Weinen! – Aber seine Stimme bebte. Und nun flüsterte er zu ihr herab, daß er gestern, als er von ihr gegangen sei, ihr doch beständig nähergekommen wäre. Und dieses Gefühl sei so stark geworden, daß er, als er zu seiner Berghütte gekommen wäre, nicht anders gekonnt hätte, als den Deutschen, seinen Gast, sich selber zu überlassen und ins Gebirge zu wandern. So habe er einen Teil dieser Nacht im Hochgebirge gesessen, einen Teil sei er umhergewandert; zum Morgenbrot sei er zu Hause gewesen, habe sich dann aber sofort wieder aufgemacht. Er sei achtundzwanzig Jahre alt, sei also kein Knabe mehr, das aber habe er gefühlt, entweder müsse das Mädchen die Seine werden, oder er wisse nicht, was daraus werden solle. Es habe ihn an den Ort von gestern getrieben, er habe nicht gedacht, daß er sie treffen werde, habe aber gern eine Weile für sich allein hier sitzen wollen. Als er sie gesehen habe, sei er zuerst erschrocken, habe dann aber begriffen, daß es ihr wohl ebenso ergehen müsse wie ihm, und da sei er sofort entschlossen gewesen, sein Glück zu wagen – und jetzt, wo er sähe, daß es ihr wirklich ebenso ergehe wie ihm, da – ja da – und er bog ihren Kopf in die Höhe, und sie weinte nicht, und seine Augen glänzten hell, und sie mußte ihm hineinsehen, und sie errötete und senkte das Haupt wieder. Er aber sprach wieder mit der flüsternden, leisen Stimme. Die Sonne stand hinter den Baumwipfeln auf dem Abhange, die Birken erschauerten in einer leichten Brise, das Vogelgezwitscher mischte sich in das Murmeln des Baches, der an ihrer Seite über Steingeröll floß. Wie lange sie hier nebeneinandersaßen, darüber hatten sie alle Berechnung verloren, aber der Hund schreckte sie beide auf. Er hatte mehrere Reisen in die Umgebung gemacht und sich jedesmal wieder an seinen Platz gelegt; jetzt aber rannte er bellend hinab. Sie sprangen beide auf, standen einen Augenblick still und lauschten. Es zeigte sich aber nichts. Sie sahen einander wieder an, und da nahm er sie auf seinen Arm. Sie war seit ihrer Kindheit niemals getragen worden, und es war etwas dabei, was sie hilflos machte. Er war ihr Schutz, ihre Zukunft, ihr ewiges Glück, sie mußte ihrem Gefühl gehorchen. Es wurde nicht gesprochen. Er hielt sie, und sie hielt ihn. Er ging mit ihr dorthin, wo er zuerst gesessen hatte; da setzte er sich hin und zog sie sanft zu sich herab. Sie beugte den Kopf tiefer herab, um jetzt, wo sie so ergriffen war, nicht von ihm gesehen zu werden. Er wollte sie gerade zu sich herumwenden, als unmittelbar vor ihnen ganz verwundert der Ruf: Mildrid! ertönte. Es war Inga, die dem Hunde gefolgt war. Mildrid sprang auf, sie sah die Freundin einen kurzen Augenblick an, ging dann zu ihr hin, schlang den einen Arm um ihren Hals und legte den Kopf auf ihre Schulter. Inga umarmte sie. – Wer ist er? fragte sie, und sie fühlte, wie sie zitterte. Aber Mildrid rührte sich nicht. Inga wußte ja, wer er war, denn Inga kannte ihn, aber sie glaubte ihren Augen nicht trauen zu dürfen! Da kam Hans näher heran. – Ich dachte, du kennst mich, sagte er ruhig; ich bin Hans Haugen. – Als sie seine Stimme vernahm, erhob Mildrid das Haupt. Er streckte die Hand aus, und sie ging hin und ergriff sie und sah die Freundin erglühend vor Scham und Freude an.

Hans nahm sein Gewehr und sagte Lebewohl, indem er Mildrid zuflüsterte: Du kannst dir wohl denken, daß ich jetzt bald wiederkomme. Beide folgten ihm bis auf die Alm hinauf und sahen ihn davongehen in derselben Richtung, die er gestern eingeschlagen hatte. Sie standen solange sie ihn sehen konnten. Mildrid schmiegte sich an Inga, und diese fühlte, daß sie sich nicht bewegen, daß sie nicht sprechen durfte. Als er aber um eine Ecke gebogen war, ließ Mildrid den Kopf auf Ingas Schulter sinken: Frage mich nicht danach, sagte sie, denn ich kann es nicht erzählen. – Sie stand eine Weile an sie gelehnt, und dann gingen sie in die Hütte. Da ward Mildrid eingedenk, daß sie alles unfertig hatte stehn und liegen lassen, und nun half ihr Inga. Während dieser Arbeit sprachen sie nicht sonderlich viel miteinander, jedenfalls über nichts anderes als über die Arbeit.

Sie trug ein wenig Mittagessen auf, konnte aber selber nichts genießen, obwohl sie das Bedürfnis nach Speise und Schlaf empfand. Inga verließ sie, sobald sie konnte, sie sah ein, daß Mildrid am liebsten allein sein mußte. Als Inga gegangen war, legte sich Mildrid auch aufs Bett und war schon im Begriff einzuschlafen. Aber noch einmal wollte sie von allen Erlebnissen des Tages sich doch das eine vor die Seele rufen, was er gesagt hatte, und was das Schönste gewesen war. Sie kam dadurch dazu, sich zu fragen, was sie denn eigentlich darauf geantwortet hätte. Und da stand es vor ihr, daß sie kein Wort gesagt hatte – nein, während ihrer ganzen Begegnung kein einziges Wort! Sie richtete sich im Bette auf. Er konnte nicht viel Schritte allein zurückgelegt haben, ehe das auch ihm zum Bewußtsein gekommen war – und was mußte er dann denken? Daß sie ein Wesen sei, das wie im Schlafe willenlos einherging! Wie konnte er sich auf die Dauer zu ihr hingezogen fühlen! Es war auch erst, als er sich von ihr entfernt gehabt hatte, gewesen, daß er zu der Erkenntnis gelangt war, daß er sie liebe – sie bebte bei dem Gedanken, zu welcher Erkenntnis er heute gelangen möchte! – Sie setzte sich wieder draußen hin wie gestern.

Mildrid war ihr ganzes Leben lang gewohnt gewesen, acht auf sich zu geben; sie hatte sich in so eigentümlichen Verhältnissen bewegt. Deswegen fand sie in allem, was sie in den letzten Tagen getan hatte, weder Takt noch Überlegung, kaum Ehrbarkeit. Sie kannte so etwas nicht aus Büchern oder durch Umgang; sie sah mit den Augen des Bauern, und niemand hat strengere Sitten. Es ist schicklich, seine Gefühle zu dämpfen; es ist ehrbar, zurückhaltend mit deren Äußerung zu sein. Sie, die das alles ihr Leben lang mehr als alle die anderen gewesen war und sich deswegen der Achtung aller erfreut hatte, sie hatte sich nach einem einzigen Tage einem Manne hingegeben, den sie nie zuvor gesehen hatte! Über kurz oder lang mußte ja gerade er sie am tiefsten verachten. Wenn es sich nicht einmal erzählen ließ, selbst nicht Inga – was müßte es dann sein?

Als Beret mit den ersten Glockentönen der Herde aus der Ferne heimkehrte, fand sie die Schwester fast leblos vor der Hütte liegen. Sie stand da, bis Mildrid sich gezwungen sah, den Kopf zu erheben und sie anzusehen. Mildrids Augen waren verweint, ihr ganzer Ausdruck war leidend. Aber dieser Ausdruck verwandelte sich, als sie Beret ansah; denn Berets Antlitz zeigte große Erregung: Was fehlt dir? rief sie. – Nichts! antwortete Beret und blieb stehen, während sie Mildrid unverwandt ansah, so daß diese die Augen niederschlagen mußte; sie wandte sich ab und erhob sich, um das Abendbrot zu bereiten. Sie sahen sich erst bei der Abendmahlzeit wieder, wo sie einander gerade gegenübersaßen. Da Mildrid selbst nicht imstande war, mehr als ein paar Löffel voll zu essen, sah sie von Zeit zu Zeit die anderen, namentlich aber Beret, die gar nicht fertig wurde, geistesabwesend an. Sie aß nicht, sie verschlang die Speisen wie ein hungriger Hund. – Hast du denn heute kein Essen bekommen? fragte Mildrid. Nein, antwortete Beret und fuhr fort zu essen. Bist du denn nicht bei den Hirten gewesen? – Nein, antwortete sie und die Hirten wie aus einem Munde. In deren Beisein wollte Mildrid nicht weiterfragen, und nachmals machte ihr krankes Gemüt sie unfähig, die Schwester auszuforschen und, wie sie fühlte, auch sehr unwürdig dafür. Dies war nur eine Zugabe zu den nagenden Vorwürfen, die sie trafen wie Schläge, wie sie an ihrer Seele vorüberzogen, einer nach dem anderen, während sie den Abend über und die Nacht vor der Hütte saß.

An dem blutroten Abend, in der eisgrauen Nacht kein Friede und kein Verlangen nach Schlaf. Das arme Kind war bisher noch niemals in Not gewesen. Ach, wie sie betete! Sie hielt inne; und sie begann von neuem, sie sprach Gebete, die sie konnte, und sie betete eigene Worte, und ganz ermattet suchte sie endlich ihr Bett auf. Dort sammelte sie wieder ihr ganzes Herz im Gebet, aber sie hatte keine Kraft mehr; sie konnte nur immer wieder flehen: Hilf mir! Lieber, lieber Gott, ach hilf mir! – Und sie fuhr damit fort, bald leise, bald laut, denn sie rang mit sich, ob sie von ihm lassen sollte oder nicht. Da schreckte sie auf, so daß sie einen Schrei ausstieß, denn Beret hatte sich blitzschnell auf den Knien erhoben und stand nun über sie gebeugt. Wer ist er? flüsterte sie, ihre großen Augen sprühten Feuer, und ihr erhitztes Gesicht sowie ihr hastiger Atem zeugten von heftiger Gemütsbewegung. Mildrid, von ihren Selbstpeinigungen erschöpft, ermattet an Leib und Seele, vermochte nicht zu antworten; sie war so eingeschüchtert, daß sie dem Weinen nahe war. – Wer ist er? drohte die Schwester dicht über ihrem Gesicht; es nützt dir nichts, es länger vor mir zu verheimlichen; ich habe euch heute die ganze Zeit über gesehen! – Mildrid hielt die Arme wie zur Verteidigung über sich; Beret aber erfaßte sie und beugte sie nieder. – Wer ist er? frage ich! – Sie sah ihr gerade in die Augen. – Beret, Beret! jammerte die Schwester; bin ich jemals anders als gut gegen dich gewesen, seit du klein warst? Weshalb bist du jetzt so häßlich gegen mich, wo ich doch so unglücklich bin? – Beret gab die Arme frei, denn die Schwester weinte. Aber Berets Atem glühte, und ihre Brust wogte, als solle sie zerspringen. – Ist es Hans Haugen? flüsterte sie. Atemlose Stille folgte. – Ja, flüsterte endlich die Schwester und weinte. Da bog Beret ihr die Arme noch einmal herunter; sie wollte ihr in die Augen sehen: Warum hast du mir das nicht gesagt, Mildrid? fragte sie mit demselben glühenden Eifer. – Beret! Ich hab es ja selber nicht gewußt, entgegnete die andere, ich habe ihn ja bis gestern nie gesehen. Und sobald ich ihn sah, gab ich mich ihm hin; das ist es ja, was mich so peinigt, daß ich glaube, ich muß sterben. – Hast du ihn bis gestern niemals gesehen? schrie Beret in höchster Überraschung, ja voll Mißtrauen. – Nein, in meinem ganzen Leben nicht! antwortete Mildrid fest; kannst du dir so eine Schande denken, Beret? – Da aber warf sich Beret über sie, schlang ihr die Arme um den Hals und küßte sie: Süße, süße Mildrid! Wie herrlich ist das! flüsterte sie und strahlte vor Freude. Nein, wie herrlich das ist! wiederholte sie noch einmal und küßte sie; – und wie ich schweigen werde, Mildrid! Sie preßte sie fest an sich, erhob sich dann wieder. – Und du, wie konntest du glauben, ich könnte nicht schweigen! Und sie ward plötzlich ganz betrübt. Ich sollte nicht schweigen können, wenn es dich betrifft, Mildrid! – Sie weinte. – Weshalb hast du mich in der letzten Zeit vernachlässigt? Weshalb hast du Inga mir vorgezogen? Ach, welchen Kummer du mir bereitet hast! Wenn du wüßtest, wie ich dich liebe, Mildrid! – Und sie barg den Kopf an ihrer Brust. Jetzt aber umarmte die Schwester sie und küßte sie, und dann versicherte sie ihr, bis jetzt habe sie gar nicht darüber nachgedacht, fortan aber werde sie sie nie mehr von sich schieben, sie würde sich nur ihr anvertrauen, die so gut und so wahr sei. Und sie streichelte sie, und Beret streichelte sie wieder. Beret richtete sich wieder auf den Knien auf; sie mußte die Augen der Schwester im Lichte der Sommernacht sehen, das schon im Morgenglanz errötete. – Mildrid, wie schön er ist! war ihr erster jubelnder Ausruf. Wie kam er? Wie sahst du ihn zuerst? Was sagte er? Wie ging das Ganze zu? – Und was Mildrid noch vor wenigen Stunden keinem Menschen erzählen zu können glaubte, das erzählte sie jetzt der Schwester; sie ward hin und wieder dadurch unterbrochen, daß sich Beret über sie warf und sie an sich preßte; das steigerte aber für Mildrid nur noch die Wonne des Erzählens; sie lachten und sie weinten; den Schlaf hatten sie ganz vergessen; so fand die Sonne sie, die eine lag auf dem Ellenbogen oder stützte sich vielmehr darauf, hingerissen von ihrem eignen Erlebnis, die andere kniete vor ihr mit halbgeöffnetem Munde und glänzenden Augen und warf sich von Zeit zu Zeit voller Jubel über die Schwester.

Sie standen zusammen auf und verrichteten zusammen ihre Arbeit, und als sie damit fertig waren und nur zum Schein gegessen hatten, kleideten sie sich beide zur Begegnung an. Er mußte ja bald kommen! Beide setzten sie sich in ihrer Feiertagskleidung an den Fuß der Höhe, und Beret zeigte ihr, wo sie gestern gelegen hatte – der Hund sei oft bei ihr gewesen. Die Erzählung der einen Schwester löste die der anderen ab, das Wetter war auch heute gut, kaum daß sich einige Wolken zeigten. Sie hatten bald über die Zeit hinaus geplaudert, wo Hans erwartet wurde; aber sie fuhren fort, sich zu unterhalten, und vergaßen es, um sich dann plötzlich wieder daran zu erinnern, und Beret lief ein paarmal auf den Kamm hinauf, um nach ihm auszuspähen; aber sie sah und hörte nichts von ihm. Beide wurden ungeduldig, und Mildrid wurde es auf einmal so sehr, daß Beret darüber erschrak. Sie stellte ihr vor, daß er ja nicht sein eigener Herr sei. Der Deutsche habe nun zwei Tage lang allein fischen und schießen und seine Mahlzeiten bereiten müssen, das könne doch nicht auch den dritten Tag so gehen, und Mildrid fand, daß der Grund stichhaltig sei. – Und was glaubst du, daß Vater und Mutter dazu sagen werden? fragte Beret, um ihre Gedanken abzulenken. In demselben Augenblick, wo ihr die Worte entschlüpft waren, bereute sie sie auch schon. Mildrid erblaßte und starrte Beret an, die sie ihrerseits wieder anstarrte. Hatte denn Mildrid bisher noch gar nicht hieran gedacht? Doch, aber so, wie man an etwas ganz Fernes denkt. Die Angst, was Hans Haugen von ihr denken möchte, die Scham über ihre eigene Schwäche und Dummheit hatte sie so völlig in Anspruch genommen, daß sie alle anderen Gedanken beiseite geschoben hatte. Jetzt kehrte sich die Sache um: die Eltern nahmen auf einmal ihr ganzes Denken in Anspruch und hielten es fest. – Abermals versuchte Beret sie zu trösten. Wenn sie ihn sahen, würden sie Mildrid recht geben; sie würden sie sicher nicht unglücklich machen wollen, sie, die ihre Freude gewesen sei; auch die Großmutter würde ihr helfen; kein Mensch könne etwas gegen Hans Haugen sagen, und er würde sich nicht gleich verloren geben. Das alles sauste an Mildrid vorüber; aber ihre Gedanken waren nicht dabei, und um zu Überlegung zu kommen, bat sie Beret, das Essen zu bereiten. Beret entfernte sich langsam von ihr und sah sich noch mehrmals nach ihr um.

Aber das, was Mildrid nun überlegte, war: Soll ich es dem Vater und der Mutter gleich sagen? Bei ihrer Erschöpfung nach der ungeheueren Spannung dieser Tage wuchs ihr diese Frage zu einem Berge an. Sie fühlte, daß sie eine Sünde begehe, wenn sie ihn jetzt empfange. Sie hätte sich ja nicht ohne die Zustimmung der Eltern verloben dürfen; aber sie hatte nicht anders gekonnt. – War es nun einmal geschehen, dann sogleich zu den Eltern! Sie erhob sich, es ward leicht in ihrer Seele. Was recht war, das mußte geschehen. Wenn Hans wieder hier vor ihr stand, mußte sie mit den Eltern gesprochen haben. – Nicht wahr? fragte sie laut, ohne doch zu fragen, und es war ihr, als antworte es Ja!, obwohl niemand antwortete. Sie eilte auf die Alm, um es Beret zu sagen. Aber Beret war we-

der in der Hütte noch auf der Alm. Beret! rief sie, Beret – Beret! Der
Widerhall gab den Ruf von allen Seiten zurück, aber keine Beret ließ
sich hören. Sie suchte überall nach der Schwester, ohne sie jedoch
zu finden. Erschöpft war sie schon, jetzt wurde sie auch ängstlich;
Berets große Augen und die Frage: Was glaubst du, was Vater und
Mutter hierzu sagen werden? wurden immer größer. – Beret sollte
doch wohl nicht zu ihnen gegangen sein, sie? Das sah ihr ganz ähn-
lich! Ungestüm wie Beret war, wollte sie die Sache sofort abgemacht
und Mildrid getröstet sehen. Ganz gewiß war sie gegangen! – Kam
Beret aber vor ihr, so würden die Eltern alles mißverstehen – sie
schlug schnell den Weg ins Tal hinab ein. Einmal unterwegs, beschleunigte sie ihre Schritte, getragen von der sich stets steigernden
Spannung; sie achtete nicht darauf, aber es sauste ihr im Kopfe, die
Brust preßte sich ihr zusammen, der Atem ging ihr aus. Sie mußte
sich ein wenig hinsetzen und ausruhen. Aber im Sitzen fand sie
keine Ruhe, sie mußte liegen. Sie warf sich nieder, die Arme unter
dem Kopf, und dann schlief sie auch sofort ein.

Zwei Tage und zwei Nächte hatte sie kaum geschlafen, kaum gegessen, und welchen Einfluß dies auf die Seele und den Körper
eines Kindes haben müsse, das bisher alle Mahlzeiten und die
nächtliche Ruhe regelmäßig im Elternhause genossen hatte, wußte
sie nicht. –

Aber Beret war nicht zu den Eltern, sondern zu Hans Haugen gegangen! Sie hatte weit zu gehn, zum Teil auf unbekannten Wegen,
am Saum eines Waldes, und später höher hinauf über Bergflächen,
die nicht ganz sicher waren wegen wilder Tiere, wie es sich ja eben
erst gezeigt hatte. Aber sie ging weiter, denn Hans mußte ja kommen, oder Mildrid wurde verrückt; sie kannte die Schwester ja gar
nicht wieder!

Sie war frisch und fröhlich; das Erlebnis ihrer Schwester sprang
lustig neben ihr her auf dem Wege. Hans Haugen war das Vornehmste, was sie auf der ganzen Welt kannte, und das Vornehmste
mußte Mildrid haben! Es war kein Wunder, daß Mildrid sich ihm
sogleich hingegeben, ebensowenig, daß er sich gleich auf den ersten
Blick von Mildrid angezogen gefühlt hatte. Wollten die Eltern dies
nicht einsehen, so mochten sie tun, was sie wollten, die beiden mußten ihr Ziel ertrotzen, wie es ihr Urgroßvater getan hatte und es ihr

Großvater getan hatte – und sie stimmte den Familienbrautmarsch an. Der jubelte über die Berge dahin und erstarb in dem leichtbewölkten Tage. Oben angekommen, blieb sie stehen und rief: Hurra! Nur einen Streifen von dem entferntesten, obersten Teil des Kirchspiels sah sie, dort wo sie stand; auf der anderen Seite sah sie den letzten Rest des Waldsaumes, dann Heidekraut, und hier, wo sie stand, nur Steine und Steinflächen in erstarrten Wellenlinien. Sie flog weiter darüber hin in der leichten Luft. Sie wußte, daß in gleicher Richtung mit dem Schneeberge, dessen Gipfel die anderen überragte, die Berghütte liegen mußte, und nach einer Weile überzeugte sie sich davon, daß sie nun nicht mehr weit zu gehen habe. Um sich über die Richtung klar zu werden, kletterte sie auf einen großen freistehenden Stein und sah nun unten, gerade vor sich einen Bergsee liegen. Ob es eine Hütte oder ein Felsblock war, was sie dort am Wasser erblickte, konnte sie nicht unterscheiden, denn bald erschien es ihr wie eine Hütte und bald wie ein Felsblock. Aber an einem Bergsee sollte seine Hütte liegen. Ja, das mußte er wohl sein, denn dort ruderte ein Boot um die Landzunge herum! Zwei Männer saßen darin, das mußte er und der Deutsche sein! Sie stieg hinunter und eilte dahin. Aber das, was ihr so nahe erschienen war, war weit entfernt, und sie lief und lief. Die Aussicht, Hans Haugen zu treffen, verlieh ihr Spannkraft!

Hans Haugen saß ganz ruhig bei dem Deutschen im Boot, ohne eine Ahnung von all der Aufregung, die er verursacht hatte. Hans selber war nicht im geringsten ängstlich gewesen. Er war nur fröhlich und saß da und dichtete ein Lied zur Melodie des Brautmarsches.

Er war kein großer Dichter, aber er brachte etwas zustande, das von ihrer Kirchfahrt handelte, wozu ihre Begegnung im Walde den Refrain zu jeder Strophe lieferte. Er pfiff und fischte und war kreuzfidel; der Deutsche fischte und ließ ihn in Ruhe.

Da hörten sie vom Ufer her einen Jodelruf, und beide, sowohl er als auch der bärtige Deutsche blickten auf und sahen ein Mädchen, das winkte. Sie berieten sich einen Augenblick und ruderten dann ans Land. Hier sprang Hans auf und vertäute das Boot, und beide trugen die Gewehre, Kleidungsstücke, Fische und Fischereigerätschaften ans Ufer; aber während der Deutsche geradeswegs in die

Hütte hineinging, ging Hans mit seiner Last auf Beret zu, die abseits auf einem Steine stand. – Wer bist du? fragte er. – Beret, Mildrids Schwester, erwiderte sie; er errötete, und sie errötete mit. Gleich darauf aber erbleichte er. – Ist irgend etwas vorgefallen? – Nein, nichts weiter, als daß du kommen mußt; sie kann es nicht gut ertragen, jetzt allein zu sein. – Er stand eine Weile da und sah sie an. Dann wandte er sich ab und schritt auf die Hütte zu. Der Deutsche war vor der Hütte stehengeblieben und hatte die Fischereigerätschaften aufgehängt. Hans tat jetzt dasselbe, während sie miteinander sprachen. Drinnen in der Hütte hatten von dem Augenblicke an, als Beret jodelte, zwei Hunde aus Leibeskräften gebellt. Die Männer gingen zusammen hinein, aber als sie die Tür öffneten, stürmten die beiden Hunde heraus, Hans seiner wie der des Deutschen, doch wurden sie beide streng wieder hineingerufen. Es ward still, und es währte eine ganze Weile, bis Hans wieder herauskam. Da aber war er anders gekleidet und hatte ein Gewehr und den Hund mit. Der Deutsche begleitete ihn vor die Hütte; dort reichten sie einander die Hände, als handle es sich um einen Abschied auf längere Zeit. Hans kam sofort zu Beret. – Kannst du schnell gehen? fragte er. – Freilich kann ich das! – Und er ging, und sie lief, der Hund voran. Da er nicht anders geglaubt hatte, als daß Mildrid ebenso ruhig und froh über ihre Verlobung sein müsse, wie er selber es gewesen war, kam ihm diese Botschaft wie ein Verkündiger neuer Gedanken. Natürlich, sie war in Unruhe der Eltern wegen! Sie war auch ängstlich geworden über die Eile, mit der dies alles vor sich gegangen war; natürlich! Das begriff er jetzt so gut, daß er sich im höchsten Grade darüber wunderte, daß er es bisher noch nicht begriffen hatte – und er beschleunigte seine Schritte. Sogar auf ihn hatte ja sein Zusammentreffen mit Mildrid zuerst den Eindruck einer Überrumpelung gemacht; was mußte da nicht sie, ein Kind, still, zurückhaltend, wie ihr Elternhaus, empfinden, als sie so plötzlich in einen Sturm hinausgestoßen wurde. Und abermals beschleunigte er seine Schritte.

Während dieses Eilmarsches war Beret nebenhergehüpft, das Gesicht ihm zugewandt, soweit es ging. Er hatte von Zeit zu Zeit ihre großen Augen und ihre glühenden Wangen gesehen, aber die Gedanken hatten eine zu starke Fessel um ihn geschlossen, er hatte sie nicht deutlich gesehen, und schließlich sah er sie gar nicht mehr, er wandte sich um, sie war eine gute Strecke zurückgeblieben, bemühte sich aber, so gut sie konnte, ihm zu folgen. Sie war zu stolz gewesen, zu sagen, daß sie diesen Marsch nicht aushalten könne. Aber als er jetzt still stand und wartete, bis sie ihn endlich atemlos wieder eingeholt hatte, standen ihr Tränen in den Augen. – Ach, geh ich dir zu schnell? und er streckte die Hand nach ihr aus. Sie keuchte so, daß sie nicht antworten konnte. – Komm, wir wollen uns ein wenig setzen! sagte er und zog sie an sich; komm! und er setzte sie neben sich nieder. Sie errötete wenn möglich noch tiefer und sah ihn nicht an, sie atmete, als solle ihr die Brust zerspringen. – Ich bin so durstig, waren die ersten Worte, die sie sagen konnte. Sie standen wieder auf, und er sah sich um; aber es war kein Bach in der Nähe. – Wir müssen warten, bis wir etwas weitergekommen sind, dort ist ein Bach, sagte er; es wäre auch nicht gut, wenn du jetzt gleich trinken wolltest. Er setzte sich wieder, und sie setzte sich auf einen Stein vor ihm. – Ich sprang den ganzen Weg bis hierher, sagte sie, um sich zu entschuldigen. – Und dann habe ich nicht zu Mittag gegessen, fügte sie nach einer Weile hinzu; und geschlafen habe ich diese Nacht auch nicht, fuhr sie fort. Statt ihr Teilnahme zu bezeugen, fragte er hastig: Dann hat Mildrid wohl auch nicht zu Mittag gegessen und vielleicht diese Nacht auch nicht geschlafen? – Mildrid hat wohl auch die vorige Nacht nicht geschlafen, und gegessen hat sie nicht, daß ich es gesehen hätte, seit – seit – – sie dachte einen Augenblick nach – ja seit einer ganzen Ewigkeit. – Er erhob sich: Kannst du jetzt weitergehen? – Ich denke wohl. – Und er nahm sie bei der Hand. Der Eilmarsch begann von neuem. Nach einer Weile sah er, daß sie es auf diese Weise nicht länger machen konnte, deswegen zog er seine Jacke aus, gab ihr die, hob sie in die Höhe und trug sie. Dies wollte sie um keinen Preis. Er aber trug sie ganz leicht von dannen, und Beret hielt sich an seinem Hemdkragen fest, sie wagte nicht, ihn selber zu berühren. Nach einer Weile meinte sie, jetzt sei sie ganz verschnauft, jetzt könne sie wieder laufen. Er setzte sie nieder, nahm seine Jacke und hängte sie über das Gewehr – und weiter ging es. Am Bache machten sie halt und ruhten ein wenig, bevor sie trank. Als sie sich erhob, lächelte er und sah sie an. – Du bist ein schmuckes kleines Ding! Es ging schon auf den Abend, als sie anlangten. Sie suchten Mildrid vergebens sowohl auf der Alm wie auch vor der Höhe; die Rufe erstarben in der Ferne, und beide wurden schon ganz ängstlich, als Hans bemerkte, daß der Hund an etwas schnüffelte. Sie liefen hinzu; es war ihr Tuch. Sogleich gab Hans dem Hund ein Zeichen, daß er die Eigentümerin des Tuches suchen solle – und er rannte davon. Sie folgten ihm über den Berg nach der anderen Seite, also in der Richtung nach Tingvold hinab. Sollte sie nach Hause gegangen sein? Beret erzählte von ihrer unvorsichtigen Frage und deren Folgen, und Hans antwortete, das könne er sich denken. Beret fing an zu weinen. Sollte sie ihr nachgehen oder nicht? – Ja, ja! rief Beret; sie war ganz verstört. Sie mußten zuerst auf die benachbarte Alm und dort Hilfe zum Einholen des Viehes holen. Während sie noch hierüber sprachen, immer dem Hunde folgend, sahen sie ihn stehenbleiben und mit wedelndem Schweife nach ihnen zurückschauen. Sie liefen hinzu, und da lag Mildrid. Auf ihrem Arme lag sie, das Gesicht halb im Heidekraut. Sie traten leise hinzu, der Hund leckte ihr Hand und Wange, sie strich darüber hin, nahm eine andere Lage ein, schlief aber ruhig weiter. – Laß sie nur schlafen! flüsterte Hans, und geh du nur hin und nimm das Vieh in Empfang; ich höre die Glocken. Als Beret fortlaufen wollte, kam er ihr nach: Bring etwas Essen mit, wenn du zurückkommst, flüsterte er. Dann setzte er sich in einem Stück von ihr entfernt hin, nahm den Hund zu sich, zwang ihn, sich niederzulegen, und hielt ihn fest, um ihn am Bellen zu verhindern, falls ein Vogel oder sonst ein Tier vorüberstreichen sollte.

Der Abend war bewölkt, die Höhen und Bergflächen lagen grau da, alles ringsumher war still; man hörte nicht einmal ein Vöglein zwitschern. Er saß oder lag da, die Hand auf dem Hunde. Über das, was verabredet werden sollte, wenn Mildred erwachte, war er bald mit sich einig. Die Zukunft hatte keine Wolken für ihn; er lag unbekümmert da und schaute zum Himmel empor. Er wußte, daß ihre Begegnung ein Wunder gewesen war; Gott selber hatte sie geheißen, das Leben gemeinsam zu durchwandern.

Er sann wieder über den Brautmarsch; die Freude lag gedämpft über seiner Seele, er fing Gedanken in ihr.

Es mochte schon über acht Uhr sein, als Beret zurückkam und Essen mitbrachte. Mildrid war noch nicht aufgewacht. Beret setzte das Mitgebrachte hin und sah die beiden eine Weile an, dann setzte sie sich selber, aber ein Stück von den anderen weg. Abermals warteten sie wohl eine Stunde, während der sich Beret häufig erhob, um nicht einzuschlafen. Gegen zehn Uhr erwachte Mildrid. Sie wandte sich mehrmals um, schlug endlich die Augen auf, sah, wo sie lag, setzte sich auf und gewahrte jetzt die anderen. Sie war noch halb schlaftrunken, weswegen sie nicht sogleich begreifen konnte, wo sie war und was sie sah, bis Hans sich erhob und lächelnd zu ihr kam. Da streckte sie beide Hände nach ihm aus.

Er setzte sich an ihre Seite. – Nun, hast du geschlafen, Mildrid! – Ja, nun habe ich geschlafen. – Nun bist du hungrig. – Ja, ich bin hungrig. – Und Beret kam mit dem Essen. Sie sah erst diese und dann alle beide an. Habe ich lange geschlafen? fragte sie. – Ach ja, es ist jetzt wohl neun Uhr – sieh nur die Sonne an! – Erst jetzt schien sie sich alles zurückzurufen. – Habt ihr lange hier gesessen? – Ach – nein; – aber iß du nun! – Sie fing an. – Du warst wohl auf dem Wege ins Tal hinab? fragte Hans leise, indem er seinen Kopf zu ihr neigte. Sie errötete; ja! flüsterte sie. – Morgen, wenn du tüchtig ausgeschlafen hast, wollen wir beide hinabgehen. – Ihre Augen hingen an den seinen, zuerst groß und verwundert, dann lächelnd und voll Dankbarkeit; aber sie sagte nichts. Jetzt schien sie wieder aufzuleben; sie fragte Beret, wo sie gewesen sei, und Beret erzählte, daß sie Hans geholt habe, und er erzählte das übrige; Mildrid aß und lauschte, und man konnte sehen, wie sie jetzt nach und nach wieder in ihre alte Lieblichkeit hineingeriet. Sie wurde sehr vergnügt, als sie hörte, daß der Hund sie gefunden und ihr das Gesicht geleckt habe, ohne daß sie erwacht sei. Der Hund saß vor ihr und verfolgte gierig jeden Bissen, den sie nahm; jetzt fing sie an, ihr Essen mit ihm zu teilen.

Sobald sie fertig war, kehrten sie langsam auf die Alm zurück, und es währte nicht lange, da lag Beret und schlief. Die beiden setzten sich draußen vor die Tür. Es fing leise an zu regnen, aber das Dach stand vor, und sie achteten nicht darauf. Der Nebel verdichtete sich rings um die Alm, sie saßen da wie in einem Zauberring. Die Luft war natürlich weder dunkel noch hell. Gedämpfte Worte fielen, und jedes barg Vertraulichkeit. Zum erstenmal konnten sie miteinander reden. Er bat sie herzlich um Verzeihung, weil er nicht daran gedacht hatte, daß sie anders sein müßte als er, und daß sie Eltern habe, die sie um Rat fragen müsse. Sie gestand ihm ihre Furcht ein und sagte, daß sie von dem Augenblick an, wo sie ihm begegnet sei, sie nicht mehr sie selbst gewesen wäre, so daß sie sogar die Eltern vergessen gehabt hätte – sie hatte wohl noch mehr zu sagen, aber sie wollte nicht fortfahren. In ihrer zitternden Freude aber redete alles, bis zu dem leisesten Atemzug. Der erste leise Übergang von Seele zu Seele begann, der, der bei anderen oft vorausgeht und die erste Umarmung vorbereitet; bei diesen aber kam er erst hinterher. Die ersten schüchternen Fragen schlichen in der Dämmerung hinüber, die ersten schüchternen Antworten kehrten zurück. Leicht wie ein Hauch, weich wie Daunen fielen die Worte und wurden ebenso wieder zurückgehaucht. Da faßte Mildrid endlich den Mut, leise, zaudernd zu fragen, ob er nicht dächte, daß sie sich oft sehr töricht benommen hätte. Er versicherte, das habe er nicht gefunden, nein, nicht ein einziges Mal. Ob er nicht bemerkt habe, daß sie gestern während der ganzen Begegnung stillgeschwiegen hätte? Nein, das hatte er nicht bemerkt. Ob er nicht gefunden habe (sie wollte es anfangs nicht sagen, dann aber kam es mit abgewandtem Gesicht und flüsternd), daß sie zu schnell darauf eingegangen sei? Nein, er habe nur gedacht, wie schön es alles zugegangen sei. Was aber habe er davon gedacht, daß sie das erstemal geweint hätte? Ja, damals habe er es nicht verstanden, jetzt aber könne er es sich sehr wohl erklären – und er sei glücklich, daß sie so wäre, wie sie wäre.

Alle diese Antworten machten sie so glücklich, daß sie sich danach sehnte, allein zu sein. Und als habe er auch das erraten, erhob er sich still und bat sie, sich schlafen zu legen. Auch sie erhob sich. Er nickte ihr zu und begab sich langsam nach dem Viehhause, wo er liegen sollte; sie aber eilte hinein und entkleidete sich, und erst im Bette faltete sie die Hände und dankte Gott – ach, wie sie ihm dankte! Dankte ihm für Hans, für seine Liebe, für seine Nachsicht, für seine Schönheit – sie hatte nicht Worte genug; sie dankte Gott für alles, alles, alles miteinander, auch für den Schmerz dieser beiden Tage, denn wie groß hatte der nicht ihre Freude gemacht! – Dankte für die Einsamkeit auf den Bergen und bat Gott, ihr auch daraus heraus und hinab zu den Eltern das Geleite zu geben. Dann kehrten ihre Gedanken wieder zu Hans zurück, und sie dankte für ihn, ach, wie sie dankte!

Als sie am Morgen herauskam – Beret schlief noch –, stand Hans auf dem Platze vor dem Hause; der Hund hatte Prügel bekommen, er hatte ein Schneehuhn gejagt, und jetzt lag er da und wollte sich einschmeicheln. Als Hans Mildrid sah, ließ er den Hund aus seinem

Banne los; der sprang an ihm in die Höhe und an ihr in die Höhe, er bellte und war zutulich und war der lebendige Ausdruck ihres eigenen morgenhellen Glücks. Hans half ihr und den Hirten bei der Morgenarbeit, und als sie endlich am Tische saßen, um zu essen, war Beret auch aufgestanden. Jedesmal, wenn Hans Beret ansah, errötete sie, und als Mildrid nach der Mahlzeit mit seiner Uhrkette spielte, während sie mit ihm sprach, eilte Beret hinaus. Sie war nur mit Mühe zu finden, als sie gehen wollten.

Hör einmal, Mildrid, sagte er, als sie eine Strecke gegangen waren, indem er näher an sie heran kam und langsam ging, ich habe über etwas nachgedacht, was ich dir gestern abend nicht mehr sagen konnte. Seine Stimme klang so ernsthaft, daß sie zu ihm aufsah; er sprach langsam, ohne sie anzusehen: Ich wollte dich bitten, daß du, falls Gott es so fügt, daß wir einander bekommen – nach der Hochzeit mit zu mir heimkommst. – Sie errötete und antwortete endlich ausweichend: Was werden Vater und Mutter dazu sagen? Er schritt eine Weile weiter, ehe er antwortete: Ich glaubte, auf die komme es nicht so sehr an, wenn wir beide nur einig wären. – Das war das erstemal, daß er etwas sagte, was sie schmerzte. Sie antwortete nicht. Er schien auf eine Antwort zu warten und fügte endlich leise hinzu: Ich möchte, daß wir beide für uns allein wären – uns aneinander gewöhnten. – Sie fing jetzt an, ihn besser zu verstehen, aber sie konnte nicht antworten. Er ging wie vorhin, langsam und ohne sie anzusehen; jetzt schwieg er ganz. Sie fühlte sich beklommen und sah forschend zu ihm auf. Da war er ganz bleich. – Aber Hans, rief sie und blieb stehen, ohne es selbst zu wissen. Auch Hans blieb stehen, sah erst flüchtig sie und dann das Gewehr an, das er niedergesetzt hatte und jetzt drehte: Kannst du mir nicht heimfolgen? Die Stimme klang gedämpft, der Blick aber war auf einmal voll und fest.– Ja, das kann ich! beeilte sie sich zu antworten. Ihre Augen weilten ruhig in den seinen; eine helle Röte flog über seine Wangen, er nahm das Gewehr aus der reckten in die linke Hand und reichte ihr die Rechte. Hab Dank! flüsterte er mit kräftigem Händedruck. Dann gingen sie weiter.

Den einzigen Gedanken, den sie hieraus schöpfte, spann sie für sich weiter aus, bis sie ihn endlich nicht mehr für sich allein behalten konnte: Du kennst meine Eltern noch nicht! – Er ging eine Weile ruhig weiter, ehe er antwortete: Nein, aber wenn du mit mir heimkommst, gewinne ich Zeit, sie kennen zu lernen. – Sie sind so gut! fügte sie hinzu. – Das habe ich alle sagen hören. – Er sagte das in bestimmtem, aber kühlem Tone.

Ehe sie etwas anderes denken oder sagen konnte, fing er an, von *seinem* Heim zu erzählen, von seinen Geschwistern, von der Armut, aus der sie sich herausgearbeitet hatten, von der Tüchtigkeit, Treue und Heiterkeit der Geschwister, von den Reisenden und der Arbeit, die diese verursachten, von den Gebäuden und namentlich von dem neuen Wohnhaus, das er jetzt ausführen wollte, und das für sie bestimmt sei; davon, daß sie jetzt die Aufsicht über alles haben sollte, daß sie aber auch Hilfe zu allem haben würde, ja daß jedes sie auf den Händen tragen werde, nicht zum mindesten er selber! Während er so sprach, gingen sie schneller; er sprach warm, kam näher an sie heran und ging schließlich Hand in Hand mit ihr.

Und wirklich, seine Liebe zu seinem Besitz und zu seinen Geschwistern machte Eindruck auf sie, und das Unbekannte lockte; aber da war auch etwas anderes, etwas, das sie als Unrecht gegen ihre herzensguten Eltern empfand. Deswegen fing sie von neuem an: Du, Hans, Mutter und namentlich Vater sind ältere Leute, die viel gelitten haben – sie bedürfen der Hilfe sie haben schwer gearbeitet, und – sie wollte oder konnte nicht mehr sagen. Er ging langsamer und sah sie lächelnd an. – Mildrid, du meinst, sie haben dir den Hof bestimmt? – Sie errötete, antwortete aber nicht. – Nun ja – kommt Zeit, kommt Rat! Wollen sie uns einmal zur Ablösung haben, so sind *sie* die, die uns darum bitten müssen. – Er sagte das liebevoll, aber sie fühlte sehr wohl, was darinlag. Behutsam wie sie war und gewöhnt, den Gedanken anderer eher als ihren eignen zu folgen, fügte sie sich. Aber nach einer Weile kamen sie so weit, daß sie Tingvold unten liegen sahen. Und dann sah sie von dem Hofe zu ihm auf, als solle der für sich selber reden: die großen, hellen Bergflächen umsäumt von einem Waldkranz, die Häuser still im hellen Sonnenschein, aber groß und fest, das alles nahm sich prächtig aus. Darunter lag das Tal, der Strom wand sich brausend hindurch, Hof bei Hof unten auf der Ebene und jenseits an den anderen Berglehnen, und Hof bei Hof auf *dieser* Seite; keiner aber, auch nicht einer so wie Tingvold, keiner so üppig, keiner so stattlich zu schauen, keiner so geborgen in seiner eigenen Traulichkeit und doch so glänzend nach allen Seiten! Als sie sah, daß der Anblick ihn ergriff, errötete sie vor Freude. – Ja, antwortete er, denn sie hatte ja gefragt! – Ja, das ist wahr, Tingvold ist ein schöner Besitz; er hat wohl kaum seinesgleichen. – Er lächelte und beugte sich zu ihr nieder: Aber ich habe dich doch lieber, Mildrid, als Tingvold – vielleicht hast auch du mich lieber als Tingvold? – Wenn er die Sache so auffaßte, blieb ihr ja nichts übrig als zu schweigen. Er sah auch so glücklich aus, und er setzte sich, und sie nahm neben ihm Platz. Jetzt will ich dir etwas vorsingen, flüsterte er. – Sie wurde ganz glücklich. Ich habe dich noch niemals singen hören, sagte sie. – Nein, du hast mich nie singen hören, und wenn man auch davon spricht, mußt du nicht glauben, daß es etwas Besonderes sei, denn es ist nur das an meinem Gesange, daß ich es in mir fühle: Jetzt muß ich singen! – Und nachdem er eine Weile sinnend dagesessen hatte, sang er ihr seine Brautfahrt nach der Melodie des Familienbrautmarsches vor. Ganz leise sang er, aber einen solchen Jubel in einer Stimme hatte sie noch niemals gehört! Das Gehöft lag vor ihr, das Gehöft, von dem sie ausfahren sollten; sie folgte mit den Augen dem Wege bis an die Brücke und über den Strom, folgte dann dem Wege auf der anderen Seite bis zur Kirche, die mitten in einem Birkenwäldchen oben auf dem Berge lag, dicht dabei zahlreiche Gehöfte. Es war kein strahlendes Bild, denn der Tag war nicht klar, aber es stimmte so am besten zu dem gedämpften Bilde in ihrem Innern; denn wie viel hundertmal hatte sie nicht in Gedanken diese Fahrt gemacht, nur hatte sie nicht gewußt, mit wem! Worte und Töne woben einen Zauber um sie; die eigentümlich warme, leise Stimme erschloß das Tiefste ihres Innern; ihre Augen standen voll Tränen, aber sie weinte nicht, sie lachte auch nicht; die Hand auf der seinen saß sie da und schaute, jetzt zu ihm auf, jetzt in die Ferne, und als plötzlich aus dem Schornstein daheim der Rauch von dem ersten Feuer unter den Mittagtöpfen aufstieg, wandte sie sich um und zeigte hinab. Hans war jetzt fertig; er blieb sitzen und sah still hinab.

Eine Weile später waren sie wieder auf der Wanderung hinab durch den Birkenwald, und Hans hatte Mühe, den Hund ruhig zu halten. Mildrids Herz fing an zu klopfen. Er verabredete mit ihr, daß er sich in der Nähe aufhalten wolle, sie aber solle allein vorangehen. Er trug sie über ein paar sumpfige Stellen, und da fühlte er, daß ihre Hand feucht war. Denk nicht darüber nach, was du sagen willst, flüsterte er, laß es nur so kommen, wie es will. – Sie antwortete mit keinem Laut, sah auch nicht zu ihm auf. Sie kamen aus dem Walde hinaus, der hier aus großen, ernsten Föhren bestand, unter denen sie ganz leise dahingeschritten waren, während er ihr flüsternd von der Werbung ihres Urgroßvaters um seine Muhme Aslaug erzählt hatte, alte wunderliche Geschichten, die sie nur halb hörte, die sie aber doch stärkten – sie traten aus dem Walde hinaus auf die Lichtung der Äcker und Wiesen, und nun verstummte auch er. Jetzt sah sie ihn an, und ihre Angst war so sichtbar und so groß, daß ihm unheimlich dabei zumute wurde. Es kam ihm kein Wort zu Hilfe, die Sache war zu sehr seine eigene. Sie gingen Seite an Seite; das den Häusern gegenüberliegende Buschwerk entzog sie den Blicken der Bewohner. Als sie so weit gekommen waren, daß er meinte, jetzt müsse sie allein gehen, pfiff er leise dem Hunde, und dies, begriff sie, war das Zeichen zur Trennung. Sie blieb stehen und sah so unglücklich und verlassen aus, daß er ihr zuflüstern mußte: Mildrid, jetzt will ich hier für dich beten! – und dann will ich kommen, wenn du meiner bedarfst. Sie dankte ihm mit den Augen, aber nur halb bewußt, denn sie konnte weder klar denken noch sehen. Und so ging sie. Sobald sie aus dem Gesträuch hinausgetreten war, sah sie gerade in die große Wohnstube im Hauptgebäude hinein, ja ganz durch sie durch, denn die Stube hatte Fenster zu beiden Seiten, nach dem Walde wie nach dem Tale zu. Hans setzte sich hinter den nächsten Busch, den Hund an seiner Seite; er konnte also ebenso wie sie alles im Zimmer sehen; jetzt aber war die Stube leer. Sie sah sich einmal um, als sie an die Scheune kam; da nickte er ihr zu. Sie bog um die Scheune – und war drin auf dem Hofplatz.

Hier stand alles in der alten gewohnten Ordnung, und es war still. Einige Hühner spazierten auf der Scheunenbrücke. An die Wand des Vorratshauses waren, seit sie zuletzt hier gewesen war, die Heugestelle angelehnt worden, eine andere Veränderung sah sie nicht. Sie wollte rechts abbiegen, nach der Stube der Großmutter, es war wohl die Angst, die sich diese kleine Frist vor der Begegnung mit den Eltern schaffen wollte; aber mitten zwischen den beiden Häusern, am Haublock, stand der Vater und schaftete eine Axt. Er trug eine gestrickte Jacke und die Tragbänder darüber. Er war barhäuptig, und das lange dünne Haar wurde von dem Winde, der gerade anfing vom Tal herauszustreichen, vornüber geweht. Er sah frisch, beinahe fröhlich aus bei der Arbeit, so daß sie bei seinem

Anblick Mut faßte. Er hatte sie nicht bemerkt, so leise und vorsichtig war sie über die Fliesen gegangen. Sie flüsterte: Guten Tag! Er sah sie eine Weile verwundert an: Liebe, bist du es? – Ist etwas los? fügte er schnell hinzu und sah ihr forschend ins Gesicht. – Nein, sagte sie und errötete leicht. Seine Augen aber blieben an den ihren haften, und sie schlug sie nicht auf. Er stellte die Axt hin. – Laß uns zur Mutter hineingehen, sagte er. Auf dem Wege ins Haus fragte er nach allem auf der Alm und erhielt befriedigenden Bescheid. – Jetzt sieht uns Hans hineingehen, dachte Mildrid, als sie an der Schlippe zwischen der Scheune und dem Vorratshause an der anderen Seite vorübergingen. Als sie in die Stube kamen, ging er an die Küchentür und öffnete sie. – Du mußt hereinkommen, Mutter, sagte er zur Tür hinaus; Mildrid ist heruntergekommen. – Lieber, ist denn etwas vorgefallen? wurde aus der Küche entgegnet. – Nein! antwortete Mildrid hinter dem Vater und trat jetzt selbst in die Tür, ging auf die Mutter zu, die vor dem Herde saß, Kartoffeln schälte und sie in den Kochtopf warf. Die Mutter sah jetzt Mildrid ebenso forschend an wie vorhin der Vater, und das hatte dieselbe Wirkung. Randi erhob sich, nachdem sie die Schüssel hingestellt hatte; sie ging an die Tür an der anderen Seite, sprach dort hinaus, kam dann zurück, nahm die Küchenschürze ab, wusch sich die Hände und kam zu ihnen; sie gingen alle in die Wohnstube.

Mildrid kannte ja ihre Eltern, so wußte sie auch, daß diese Vorbereitungen bedeuteten, daß sie auf etwas Ungewöhnliches gefaßt seien. Ihr Mut, der vorhin nicht groß gewesen war, war jetzt ganz klein geworden. Der Vater setzte sich auf den Hocksitz, also gerade an das entfernteste von den Fenstern, das nach dem Tale hinausging. Die Mutter hatte sich auf dieselbe Bank gesetzt, aber der Küche ein wenig näher. Mildrid nahm auf dem Vorsitz, das heißt auf der langen Bank vor dem Tische Platz. Da konnte Hans sie sehen; er konnte auch dem Vater gerade ins Gesicht sehen, der Mutter aber wohl kaum.

Die Mutter fragte, wie vorhin der Vater, nach dem Stande der Wirtschaft auf der Alm und erhielt denselben Bescheid, nur noch ein wenig ausführlicher; denn sie fragte eingehender. Obwohl es augenscheinlich war, daß beide Parteien die Unterhaltung absichtlich in die Länge zogen, war der Stoff doch bald erschöpft. In dem Schweigen, das jetzt entstand, sahen beide Eltern Mildrid an. Diese wich ihren Blicken aus und fragte nach Neuigkeiten aus dem Kirchspiel. Obwohl nun dieser Stoff so lang wie möglich ausgesponnen wurde, ging doch auch er zu Ende. Dasselbe Schweigen, dieselben auf die Tochter gerichteten erwartungsvollen Blicke. Diese hatte nun nichts mehr zu fragen und fing an, mit der flachen Hand über die Bank zu streichen, auf der sie saß. – Bist du bei der Großmutter gewesen? fragte die Mutter; sie fing jetzt an ängstlich zu werden. – Nein, sie war nicht bei ihr gewesen. Darin lag das Zugeständnis, daß die Tochter ein bestimmtes Anliegen an die Eltern habe, und nun konnte sie schicklicherweise nicht länger damit zurückhalten. – Ich hätte wohl etwas, das ich euch zu sagen schulde, brachte sie endlich unter Erröten und Erbleichen und mit niedergeschlagenen Augen hervor. Die Eltern sahen einander besorgt an. Mildrid erhob den Kopf und sah sie mit großen, flehenden Augen an. – Was ist es, mein Kind, kam ihr die Mutter voll Angst entgegen. – Ich habe mich verlobt, sagte Mildrid, senkte den Kopf und brach in Tränen aus.

Es hätte kein betäubenderer Schlag in diesen stillen Kreis hineinfallen können. Bleich, schweigend sahen sich die Eltern an. Die zuverlässige, sanfte Mildrid, für deren folgsames, gesetztes Wesen die Eltern Gott so oft gedankt hatten, hatte ohne ihren Rat, ohne ihr Wissen diesen wichtigsten Schritt des Lebens getan, der ja auch die Vergangenheit und die Zukunft der Eltern abschloß. Mildrid erriet in diesem Augenblick jeden Gedanken, den sie sich machten, und die Angst hielt die Tränen zurück. Milde, langsam fragte der Vater: Mit wem denn, mein Kind? – Nach kurzem Schweigen kam die geflüsterte Antwort: Mit Hans Haugen! – Wohl über zwanzig Jahre lang war hier in diesem Zimmer kein Name und keine Begebenheit von Haugen genannt worden. Wie die Eltern die Sache ansahen, war von Haugen nur Unglück über diesen Hof gekommen. Mildrid erriet abermals ihre Gedanken, sie saß unbeweglich da und wartete auf ihr Urteil. Aber milde und langsam begann der Vater von neuem: Wir kennen diesen Mann nicht – weder ich noch deine Mutter. – Noch wußten wir, daß du ihn kenntest. – Nein, auch ich kannte ihn nicht, sagte Mildrid. Die erstaunten Eltern sahen einander an. Wie ist denn dies zugegangen? – Es war die Mutter, die fragte. – Ja, das weiß ich selber nicht, antwortete Mildrid. – Aber liebes Kind, man muß sich doch beherrschen können! – Mildrid antwortete nicht. – Wir dachten von dir, fügte der Vater sanft hinzu, daß wir uns auf dich verlassen könnten. – Mildrid antwortete nicht. – Aber wie ist es nur zugegangen? wiederholte die Mutter, du mußt doch das wissen! – Nein, das weiß ich nicht ..... ich weiß nur, daß ich nichts dafür konnte, nein, ich konnte wirklich nichts dafür! – sie saß da und hielt sich mit beiden Händen an der Bank fest. – Gott tröste und bessere dich! Was ist denn da nur über dich gekommen? – Mildrid antwortete nicht. Da mischte sich der Vater wieder besänftigend in das Gespräch. Mit freundlicher Ruhe fragte er: Weswegen hast du denn nicht mit jemand von uns darüber gesprochen, mein Kind? – Auch die Mutter stimmte in den Ton ein und sagte leise: Du weißt, wie lieb wir euch Kinder haben, wir, die wir so einsam gelebt haben – und wir können es wohl sagen, namentlich dich, Mildrid, denn du bist uns am meisten gewesen. – Mildrid fühlte den Platz nicht mehr, auf dem sie saß. – Ja, wir dachten nicht, daß du uns so verlassen würdest! – Es war der Vater, der dies sagte. Wenn auch die Worte leise klangen, so taten sie deswegen nicht weniger weh. – Ich will euch ja nicht verlassen, stammelte sie. – So kannst du sagen, antwortete er in ernsterem Ton als bisher, denn du hast uns ja schon verlassen. – Mildrid fühlte, daß das wahr sei, und doch war es nicht wahr. Aber sie konnte sich nicht klar darüber werden. Die Mutter sagte: Was hat uns das denn jetzt genützt, daß wir liebevoll und gottesfürchtig mit unseren Kindern gelebt haben? – Bei der ersten Versuchung! – – um der Tochter willen wollte sie nicht mehr sagen. Jetzt aber konnte Mildrid es nicht länger aushalten: Ich will euch nicht verlassen! ... Ich will euch nicht wehe tun! ... Ich konnte nur nicht ... nein, ich konnte nicht! – Sie warf sich über den Tisch auf ihren Arm, dem Vater zugewandt, und schluchzte.

Keins der Eltern war imstande, zu der Reue, die sie empfand, noch ein Wort des Vorwurfs zu legen. Deswegen blieb alles still. Dies hätte lange währen können, aber Hans Haugen erkannte von seinem Platz aus, daß sie jetzt der Hilfe bedurfte. Sein Jägerauge hatte gesehen, wie sie sich über den Tisch warf, und er sprang auf – bald vernahm man seinen leichten Schritt in dem Vorbau. Er klopfte, alle sahen auf, aber niemand sagte: Herein! Mildrid richtete sich halb auf, rot vom Weinen; die Tür tat sich auf, Hans mit dem Gewehr und dem Hunde stand bleich, aber ruhig mitten darin, wandte sich um und schloß wieder, während der Hund wedelnd auf Mildrid zuging. Hans war zu erregt, als daß er gemerkt hätte, daß der Hund ihm gefolgt war.

Guten Tag! sagte er. Mildrid sank auf ihren Platz zurück, atmete tief auf und sah ihn erleichtert an. Ihre Furcht, ihr böses Gewissen waren jetzt geschwunden, *sie hatte ja recht, ja, sie hatte recht!* Jetzt mochte es kommen, wie Gott es wollte. –

Niemand hatte seinen Gruß beantwortet, es bat ihn auch niemand, näherzutreten. – Ich bin Hans Haugen! sagte er leise, setzte das Gewehr hin, blieb stehen und hielt es mit der Hand. Nachdem die Eltern mehrmals Blicke miteinander ausgetauscht hatten, fuhr er, wenn auch mit Überwindung, fort: Ich bin mit Mildrid hierhergekommen, denn wenn sie Unrecht getan hat, so ist es meine Schuld. – Irgend etwas mußte gesagt werden, die Mutter sah den Vater an, und dieser sagte endlich, daß es ohne ihr Wissen gekommen sei, und Mildrid könne ihnen auch keine Erklärung darüber geben, wie es zugegangen wäre. Hans aber antwortete, das könne er auch nicht. – Ich bin kein Knabe mehr, sagte er, denn ich bin achtundzwanzig Jahre alt, und doch ging es so zu, daß ich, der ich mich bisher um kein Mädchen gekümmert habe, an nichts weiter auf der Welt mehr denken konnte, von dem Augenblicke an, wo ich sie gesehen habe, als an sie; hätte sie nein gesagt – ja, ich weiß nicht – aber da wäre mit mir nicht mehr viel gewesen.

Die einfache, aufrichtige Weise, in der er dies sagte, tat gut; Mildrid bebte auf ihrem Platze, denn sie fühlte, das dies der Sache ein anderes Aussehen gab. Er hatte die Mütze aufbehalten, denn es war nicht Sitte dort im Tale, daß ein Fremder die Mütze abnahm, wenn er hereinkam; jetzt aber nahm er sie unwillkürlich ab und hängte sie über den Gewehrlauf und hielt die Hände darüber. Es war etwas an dem ganzen Burschen, das Höflichkeit erheischte. So jung wie Mildrid noch ist, sagte die Mutter – niemand von uns hätte gedacht, daß sie schon so etwas tun würde. – Das mag wahr sein, aber dafür bin ich ja auch um so älter, entgegnete er, und die Wirtschaft daheim bei mir ist nicht groß; sie erfordert keine große Anstrengung – und Hilfe genug habe ich auch. – Die Eltern sahen erst einander, dann Mildrid, dann ihn an: Sollte sie dir heimfolgen? fragte der Vater ungläubig, fast ein wenig höhnisch. – Ja, sagte Hans, um den Hof freie ich nicht. – Er errötete, ebenso Mildrid.

Wäre der Hof in die Erde versunken, so hätten die Eltern nicht erstaunter sein können als darüber, daß er verschmäht wurde; und Mildrids Schweigen bewies ihnen, daß sie damit einverstanden sei. Immerhin stellte dieser Beschluß der jungen Leute die Eltern unwillkürlich ein wenig außerhalb der Entscheidung; sie fühlten sich gedemütigt. – Du sagtest doch, daß du uns nicht verlassen wolltest! bemerkte die Mutter mit stillem Vorwurf, und der traf. Aber Hans kam ihr zu Hilfe. – Euch verlassen? Jedes Kind, das heiratet, muß doch wohl Vater und Mutter verlassen. – Er lächelte und fügte freundlich hinzu: Die Reise ist nicht lang, es ist wenig mehr als dreiviertel Meile von hier bis Haugen. – Aber es sind ja eigentlich nicht die Worte, auf die es bei solchen Gelegenheiten ankommt; die Gedanken schlagen trotzdem ihre eigenen Wege ein. Die Eltern fühlten sich verlassen, ja verraten durch den Beschluß der jungen Leute. Daß man auf Haugen gut leben könnte, wußten sie sehr wohl; die Reisenden, die dort hinkamen, hatten dem Ort Ansehen verliehen; es hatte sogar davon in den Blättern gestanden – aber Haugen war doch einmal Haugen, und daß Mildrid, ihr liebstes Kind, die Reise des Geschlechts nach Haugen zurück machen wollte, das war denn doch zu viel! Unter diesen Umständen würden manche andere vielleicht zornig geworden sein; diese beiden aber liebten es, sich in aller Stille von einer Sache loszumachen, die ihnen nicht gefiel. Sie wechselten daher einen Blick des Einverständnisses, und der Vater sagte ruhig: Dies sind zu viel Dinge auf einmal, wir können nicht gut jetzt gleich darauf antworten. – Nein, sagte auch die Mutter, wir waren nicht darauf gefaßt, eine so große Neuigkeit zu erfahren – und sie so zu erfahren. – Hans stand eine Weile da, dann sagte er: Es ist richtig, Mildrid hätte zuerst ihre Eltern fragen sollen. Aber wenn nun keins von uns etwas davon wußte, ehe es zu spät war? So ist es nämlich zugegangen. – Wir konnten doch nichts weiter tun, als alle beide kommen, sobald es geschehen war, und das haben wir getan. – Ihr müßt es nicht zu strenge nehmen!

Hiernach war im Grunde nichts mehr gegen ihr Verhalten zu sagen, und seine ruhige Art und Weise machte die Sache noch wahrhaftiger. Überhaupt merkte der Vater, daß er ihm nicht gewachsen war, und bei dem wenigen Zutrauen, das er zu sich selbst hatte, wollte er sich deswegen so schnell wie möglich von der Sache befreien. – Wir kennen dich nicht, sagte er und sah seine Frau an, wir müssen Bedenkzeit haben. – Ja, das wird wohl das beste sein, meinte Randi, denn wir müssen den doch kennen, dem wir unser Kind geben sollen. – Mildrid empfand die Kränkung, die in dieser Antwort lag, aber sie sah Hans nur flehend an. – Es ist wahr, begann Hans und fing an, das Gewehr in der einen Hand hin und her zu drehen – obwohl ich nicht glaube, daß es viele im Kirchspiel gibt, die bekannter sind als ich. Aber vielleicht hat jemand schlecht von mir gesprochen? – Er sah zu ihnen auf. Mildrid wurde um der Eltern willen ganz verlegen, und diese fühlten selber, daß sie vielleicht Argwohn erweckt hätten, und das wollten sie nicht. – Nein, wir haben nichts Schlechtes von dir gehört, sagten deswegen beide auf einmal, und die Mutter fügte schnell hinzu, daß es sich wirklich so verhalte, daß sie ihn gar nicht kennten, denn sie hätten so selten nach den Leuten auf Haugen gefragt. – Sie meinte nichts Böses damit; aber erst, als die Worte über ihre Lippen gekommen waren, begriff sie, daß sie sich nicht glücklich ausgedrückt hätte, und sie merkte es dem Manne wie auch Mildrid an, daß sie dasselbe meinten. Die Antwort ließ eine Weile auf sich warten. – Hat das Geschlecht auf Tingvold nicht nach den Leuten auf Haugen gefragt, so ist das nicht unsere Schuld, denn wir sind bis zu den letzten Jahren arme Leute gewesen. – In diesen wenigen Worten lag ein Vorwurf, von dem alle drei fühlten, daß er wahr sei, und zwar sehr wahr. Aber nie zuvor war es weder dem Manne noch der Frau eingefallen, scheu und mit ihrem Leid beschäftigt, wie sie es gewesen waren, daß sie hier eine Pflicht versäumt hätten; nie zuvor hatten sie darüber nachgedacht, daß die armen Verwandten auf Haugen nicht unter ihrem Unglück hätten leiden dürfen; denn daran waren sie völlig unschuldig. Sie sahen einander verlegen an und saßen dann jedes für sich tief beschämt da. Hans hatte ganz gelassen gesprochen, obwohl die Antwort der Frau ihn hätte reizen können. Beide fühlten deswegen, daß sie einen braven Mann vor sich hatten, und daß hier in doppelter Hinsicht etwas gutzumachen war. So kam es denn, daß der Vater sagte: Laß uns noch etwas Zeit; kannst du nicht hier bleiben und mit uns zu Mittag essen? dann können wir ja immer noch über die Sache reden. – Du mußt näherkommen und dich setzen, fügte die Mutter hinzu; beide erhoben sich.

Hans setzte das Gewehr mit der Mütze darauf von sich und ging auf die Bank zu, wo Mildrid saß, die sich sogleich erhob; sie wußte selber nicht, weshalb. Die Mutter meinte, es wäre wohl das beste, wenn sie einmal nach der Küche sehe, und sie ging hinaus. Der Vater schickte sich an, ihr zu folgen, Mildrid aber wollte nicht mit Hans allein sein, solange die Eltern ihre Einwilligung verweigerten, deswegen ging sie auf die andere Tür zu; sie sahen sie dann über den Hof nach der Stube der Großmutter zugehen. Da konnte denn der Mann Hans nicht allein lassen, so wandte er sich um und setzte sich wieder.

Die beiden Männer sprachen über gleichgültige Dinge miteinander; zuerst über die Jagden und die Einrichtung dazu in den Sommerhütten oben im Gebirge, von dem Verdienst, der bei so etwas sei usw. Dann kamen sie auf Haugen und die Reisenden dort und den Betrieb des Hofes da oben zu sprechen, und das Ganze machte auf den Vater den Eindruck, daß jetzt Wohlstand und reges Leben auf Haugen herrsche. Die Mutter ging ab und zu während ihrer Vorbereitungen zum Mittagessen, so daß sie oft zuhörte, und es war den beiden Alten anzumerken, daß sie ihre Scheu überwanden und sich nach und nach ein wenig sicherer fühlten, denn die Fragen wurden etwas eingehender.

Hansens manierliches Benehmen bei Tische blieb nicht unbemerkt. Er saß an der Wand, der Mutter und Mildrid gegenüber; der Vater saß am Ende des Tisches auf dem Hochsitz. Das Gesinde hatte vorher in der Küche gegessen, wo sie sonst gemeinsam mit ihm zu essen pflegten. Heute aber wollten sie Hans den Leuten noch nicht gern zeigen. Bei Tische fühlte Mildrid, daß die Mutter sie ansah, wenn Hans lächelte. Er gehörte zu denen, die ein ernstes Gesicht haben, das aber anziehend wurde, wenn er lächelte. Mehreres dergleichen zog sie im stillen zusammen zu der Summe, die sie gern heraus haben wollte. Aber sicher war sie ihrer Sache doch noch nicht, und da ihr die Spannung in der Stube zu groß war, zog es sie hinaus, und sie ging nach Tische wieder zu der Großmutter.

Die Männer machten einen Gang über den Hof, doch so, daß sie nicht dahin kamen, wo die Leute arbeiteten, auch nicht dahin, wo die Großmutter sie sehen konnte. Später setzten sie sich wieder in die Stube, und da war auch die Mutter fertig und konnte sich zu ihnen setzen. Die Unterhaltung wurde nach und nach vertraulicher, wie es zu erwarten war, und nach einiger Zeit (allerdings nicht, ehe der Abend hereingebrochen war) faßte sich die Mutter ein Herz und bat ihn, zu erzählen, wie es sich eigentlich mit Mildrid und ihm zugetragen habe; Mildrid hatte doch selbst keinen Bescheid darüber geben können. Vielleicht tat die Mutter die Frage nur aus weiblicher Neugier, Hans aber war die Frage äußerst willkommen.

Er erzählte nicht von ihren ersten Begegnungen, denn dazu war er nicht imstande; aber umständlich und mit tiefer Freude erzählte er von dem gestrigen Tage, von Beret, die ihn im Sturmmarsch geholt hatte, weil Mildrid von Seelenangst um der Eltern willen gequält wurde; und als er zu Mildrid selbst gelangte und ihre Flucht talabwärts zu ihnen schilderte, und wie sie sich ermattet an Leib und Seele hatte ausruhen müssen und eingeschlafen war, verlassen und unglücklich – da war es den Alten, als erkennten sie ihr Kind wieder. Da waren sie nicht mehr weit davon, namentlich die Mutter, zu fühlen, daß sie zu strenge gewesen waren.

Aber während der Bursche von Mildrid erzählte, berichtete er ja, ohne es selbst zu wissen, von sich selber; denn Hansens Liebe zu Mildrid leuchtete aus jedem Worte hervor und machte die Eltern froh. Er fühlte dies schließlich und wurde selber froh, und die beiden, die an eine so schlichte Unbefangenheit und Kraft nicht gewöhnt waren, fühlten sich wirklich glücklich. Dies steigerte sich immer mehr, so daß die Mutter ihn unwillkürlich fragte, indem sie lächelte: Ihr seid wohl schon fix und fertig für die Hochzeit, ihr beiden da. wie mir scheint – noch ehe jemand von uns gefragt ist? – Der Vater stimmte in das Lachen ein, um Hans die Antwort zu erleichtern, und dieser antwortete, da die Gelegenheit ja günstig war, damit, daß er leise eine Zeile des Brautmarsches summte:

Spielt uns auf, spielt uns auf, wir haben Eile, ich und du! – und dann lachte; er war jedoch bescheiden genug, gleich von etwas anderem anzufangen. Ganz zufällig sah er zu Randi auf und gewahrte, daß sie leichenblaß dasaß. Hans fühlte sofort, daß er etwas Verkehrtes getan hatte, indem er an diese Weise erinnert hatte, und noch dazu jetzt! Endrid sah bang zu seiner Frau hinüber, die in wachsender Erregung war, so daß sie es schließlich nicht mehr im Zimmer aushalten konnte; sie stand auf und ging hinaus.

Ich habe gewiß etwas sehr Verkehrtes getan, sagte Hans erschrocken. – Der Mann antwortete nicht. Ganz unglücklich erhob sich

Hans, um ihr nachzugehen und sich zu entschuldigen, doch setzte er sich wieder hin, indem er versicherte, daß er sich nicht das geringste Böse dabei gedacht hätte. – Ach, du konntest es ja auch nicht so genau wissen, entgegnete Endrid. – Kannst du ihr nicht nachgehen und es wieder gutmachen? – Er hatte ein solches Zutrauen zu diesem Manne gefaßt, daß er es wagte, ihn darum zu bitten. Aber Endrid erwiderte: Nein, laß sie allein damit, ich kenne sie. – Hans, der sich soeben noch ganz nahe am Ziele seiner Wünsche geglaubt hatte, war in Verzweiflung gestürzt und war nicht zu beruhigen, obwohl der Vater geduldig darum bemüht war. Der Hund half ihm, indem er zu ihm herankam; denn Endrid stellte wieder und wieder Fragen in bezug auf ihn und erzählte schließlich mit großer Umständlichkeit von einem Hunde, den er selber gehabt hätte, und der ihm sehr ans Herz gewachsen gewesen wäre, wie das ja bei einsamen Leuten häufig der Fall sei.

Randi aber war vor die Haustür hinausgegangen und hatte sich dort auf die steinerne Schwelle gesetzt. Das Vorhaben der Tochter hatte ja zur Folge, daß der Brautmarsch noch herber mit den Erinnerungen zusammenstieß, mit denen sie sich herumtrug. Sie selbst hatte sich nicht wie die Tochter einem Manne hingegeben, den sie liebte. Die Schande bei ihrer Kirchfahrt war ja gerechtfertigt gewesen, denn sie hatte nicht mit aufrichtigen Gefühlen an der Seite des Bräutigams gesessen. Die Schande und der Kummer und der Verlust der Kinder, die Leiden und der Kampf der langen Jahre, das alles stürmte wieder auf sie ein. All ihr Beten und Flehen, womit sie diesen Schmerz zu bannen gesucht hatte, war also vergeblich gewesen, sie saß da in der heftigsten Erregung! Daß ihr dies noch geschehen konnte, setzte sie in Verzweiflung, sie machte sich die bittersten Vorwürfe; sie empfand von neuem den Hohn der Leute über ihre falsche Kirchfahrt; sie geißelte abermals ihre eigene Erbärmlichkeit; daß sie damals die Tränen und jetzt die Erinnerungen nicht zu hemmen vermocht hatte – daß sie durch ihr maßloses Wesen die Eltern in ein falsches Licht gestellt, ihre Gesundheit zerstört und dadurch die Kinder getötet hatte, die sie unter dem Herzen getragen hatte – und während alledem eine Frömmigkeit geheuchelt hatte, die ihr gar nicht eigen gewesen war, denn das zeigte sich ja nun! Nein, daß sie nicht weitergekommen war! So erbärmlich, so erbärmlich fühlte sie sich, daß sie nicht wagte, zu Gott aufzublicken, denn wie hatte sie nicht ihn und sich selbst getäuscht! Weshalb aber, mußte sie sich fragen, weshalb erwachte gerade jetzt all dieser Greuel in ihr, der sich um ihren Sinn gelegt hatte? War sie eifersüchtig auf Mildrid? Eifersüchtig auf die eigene Tochter? Nein, das war sie nicht, das fühlte sie – und sie begann sich wieder aufzurichten. Jetzt sollte die Tochter ihre Sünde wieder gutmachen, das war doch ein herrlicher Gedanke! Konnten die Kinder das? Ja, so wahr sie ein Werk von uns selber sind, können sie das, denn die Wahrhaftigkeit, die in Mildrids Natur lag, die hatte doch sie, die Mutter, in ihrer Schwäche in ihr erzogen. Sollte sie ihr aber jetzt zugute kommen, so mußte sie auch selber mit teil daran nehmen, in Reue, in Dank! – Und ehe Randi sichs versah, konnte sie wieder beten und sich in tiefer Demut und Zerknirschung vor dem Herrn beugen, der ihr abermals gezeigt hatte, was sie ohne ihn war. Um Gnade flehte sie, so wie jemand fleht, der um sein Leben ficht; denn jetzt ward ihr das Leben von neuem geschenkt, das fühlte sie! Jetzt war die Schuldsumme gestrichen; dies war die letzte Abrechnung gewesen, das hatte sie nur so überwältigt! Und sie erhob sich und sah unter strömenden Tränen empor; sie fühlte sich so wohl, da war einer, der jetzt den Schmerz von ihr genommen hatte! Hatte sie das nicht auch schon früher häufig gefühlt? Nein, niemals so wie jetzt, hier erst war der Sieg errungen! Und sie ging weiter, sie fühlte es; sie hatte sich selbst wiedergefunden! Es war etwas zersprungen, das sie bisher gefesselt hatte; an jeder Bewegung fühlte sie es, daß sie jetzt frei war, frei an Leib und Seele! Hatte sie nächst Gott der Tochter dafür zu danken, so sollte diese ihr Glück auch in vollen Zügen genießen! Sie betrat den Vorbau, der zu der Stube der Großmutter führte; aber niemand dadrinnen erkannte ihren Schritt. Sie ergriff die Türklinke und öffnete, als sei es jemand anders. – Mildrid, komm einmal her! sagte sie, und Mildrid und die Großmutter sahen einander an, denn das war ja die Mutter nicht! – Mildrid eilte auf sie zu: was war denn nur geschehen? Die Mutter zog sie am Arm hinaus, schloß die Tür hinter ihr, so daß sie allein waren, und dann warf sie sich ihr um den Hals und weinte und weinte, während sie sie mit einer Kraft und Seligkeit umarmte, die Mildrid, geadelt durch ihre Liebe, so recht von Herzen erwidern konnte. – Gott möge dich ewig segnen und belohnen! flüsterte die Mutter. Die beiden in der Stube sahen sie Hand in Hand über den Hof kommen, und zwar so schnell, daß Ahnungen in ihnen aufstiegen. Die Tür tat sich auf, und beide traten herein und gingen auf sie zu. Aber statt sie ihm zu geben oder etwas zu dem Vater oder zu ihm zu sagen, zog Randi die Tochter nur noch einmal an sich, und in neu hervorbrechender Rührung wiederholte sie: Gott möge dich ewig segnen und belohnen!

Eine Weile später saßen alle vier in der Stube der Großmutter. Die alte Frau war sehr erfreut; durch die jungen Mädchen hatte sie ja längst gewußt, wer Hans Haugen war, und sie faßte diese Verbindung sogleich als eine Aussöhnung in dem Leben ihres Sohnes und der Schwiegertochter auf. Die lebensfrohe Alte meinte außerdem, Hans sei doch so schön! Sie blieben alle bei ihr, und der Tag endete damit, daß der Vater, nachdem ein geistliches Lied gesungen worden war, aus dem Gebetbuch eine Stelle vorlas, die mit den Worten begann: Der Herr ist in unserem Hause gewesen!

Aus ihrem ferneren Leben will ich nur zwei Tage herausgreifen, und aus jedem von beiden nur einige Augenblicke.

Der erste ist der Hochzeitstag der jungen Leute. Inga, Mildrids Geschwisterkind, die jetzt selbst schon eine Frau war, war gekommen, um die Braut zu schmücken. Im Vorratshause fand die Schmückung statt; die alte Lade, worin der silberne Brautschmuck des Geschlechts aufbewahrt wurde, die Krone, der Gürtel, der Brustlatz, Spangen und Ringe, war hervorgezogen worden. Die Großmutter hatte den Schlüssel dazu, sie hatte selbst aufgeschlossen, und Beret stand ihr als Adjutant zur Seite. Mildrid hatte schon ihr Brautkleid und all den Staat, der ihr selber gehörte, angelegt, als die Herrlichkeiten – die Beret und die Großmutter in der verflossenen Woche geputzt hatten – zum Vorschein kamen, glänzend und schwer. Stück für Stück wurde anprobiert. Beret hielt der Braut den Spiegel vor. Die Alte erzählte, wie viele aus ihrer Familie dies Silber an ihrem Ehrentage getragen hatten, am glücklichsten von ihnen allen aber sei ihre eigene Mutter, Aslaug Haugen, gewesen. In diesem Augenblick klang von draußen her der alte Brautmarsch des Geschlechts zu ihnen herein; alle im Vorratshause hielten mit ihrer Beschäftigung inne, lauschten und eilten dann auf die Türe zu, um zu sehen, was es sei. Der erste, den sie erblickten, war Endrid, der Vater der Braut. Er hatte Hans Haugen und seine Geschwister auf den Hof zufahren sehen. Es war selten, daß Endrid einen Einfall über das Alltägliche hinaus hatte – diesmal aber war es ihm doch eingefallen, daß diese mit dem Brautmarsch des Geschlechts empfangen werden müßten. Er holte die Spielleute heraus und ließ sie anstimmen; dort stand er nun selber bei ihnen vor dem Vorratshause, den mit Hochzeitsbier gefüllten silbernen Becher in der Hand. Einige andere hatten sich ihm angeschlossen. Hans und seine getreuen Geschwister fuhren in zwei Wagen auf den Hof herein, und es war ihnen anzusehen, daß dieser Empfang sie ergriff. Eine Stunde später wurde natürlich der Brautmarsch von neuem angestimmt, nämlich als die Braut und der Bräutigam und die Eltern der Braut und Beret und die Geschwister des Bräutigams paarweise unter Vortritt der Spielleute aus dem Hause herauskamen, um die Wagen zu besteigen. In gewissen Augenblicken unseres Lebens sind uns alle Zeichen günstig, und so fuhr denn auch das Brautgefolge an diesem Tage bei strahlendem Frühlingswetter von Tingvold weg. Bei der Kirche war der Andrang so groß, daß sich niemand erinnerte, bei irgendeiner Gelegenheit ähnliches gesehen zu haben. In dieser Volksmenge kannte jeder die Geschichte des Geschlechts, und wie diese mit dem Brautmarsch verwebt war, der jubelnd im Sonnenschein über Braut und Bräutigam und das fröhliche Gefolge dahinklang.

Und weil aller Gedanken sich in diesem einen begegneten, wählte der Geistliche auch einen Text für die Trauung, der ihm erlaubte, zu entwickeln, daß die Kinder unseres Lebens Krone sind, die durch unsere Ehre, unsere Entwickelung, unsere Arbeit glänzt.

Beim Verlassen der Kirche blieb Hans vor der Kirchentür stehen; er sagte etwas; die Braut hörte es nicht in ihrem überirdischen Glück, aber sie ahnte es. Er wollte, daß sie einen Blick auf Ole Haugens Grab werfen sollte, das im reichen Schmuck der Blumen dalag. Sie tat es, und sie gingen so hinaus, daß sie hart an seinem Grabkreuz vorüberstreiften. Die Eltern hinterdrein. –

Der andere Augenblick in ihrem Leben, der herausgehoben sein mag, ist Endrids und Randis erster Besuch als Großeltern. Hans hatte es ja durchgesetzt, daß das junge Paar nach Haugen gezogen war, obwohl er hatte versprechen müssen, Tingvold zu übernehmen, wenn die Alten einmal nicht mehr konnten oder wollten, und die uralte Großmutter gestorben sein würde. Bei diesem ganzen Besuch ist indes nur ein einziger Umstand, der uns etwas angeht, das ist, daß Randi, als sie nach herzlichem Empfang und guter Bewirtung mit dem kleinen Kinde ihrer Tochter im Schoße dasaß, anfing, es zu wiegen und ihm etwas vorzusingen, und das war der Brautmarsch! Die Tochter schlug die Hände zusammen vor Verwunderung, faßte sich aber rasch und schwieg; Hans bat Endrid, einmal auszutrinken, was dieser abschlug, aber das war von beiden Seiten nur ein Vorwand, daß sie einen Blick wechseln konnten.

Über tredition

Eigenes Buch veröffentlichen

tredition wurde 2006 in Hamburg gegründet und hat seither mehrere tausend Buchtitel veröffentlicht. Autoren veröffentlichen in wenigen leichten Schritten gedruckte Bücher, e-Books und audio-Books. tredition hat das Ziel, die beste und fairste Veröffentlichungsmöglichkeit für Autoren zu bieten.

tredition wurde mit der Erkenntnis gegründet, dass nur etwa jedes 200. bei Verlagen eingereichte Manuskript veröffentlicht wird. Dabei hat jedes Buch seinen Markt, also seine Leser. tredition sorgt dafür, dass für jedes Buch die Leserschaft auch erreicht wird.

Im einzigartigen Literatur-Netzwerk von tredition bieten zahlreiche Literatur-Partner (das sind Lektoren, Übersetzer, Hörbuchsprecher und Illustratoren) ihre Dienstleistung an, um Manuskripte zu verbessern oder die Vielfalt zu erhöhen. Autoren vereinbaren direkt mit den Literatur-Partnern die Konditionen ihrer Zusammenarbeit und partizipieren gemeinsam am Erfolg des Buches.

Das gesamte Verlagsprogramm von tredition ist bei allen stationären Buchhandlungen und Online-Buchhändlern wie z. B. Amazon erhältlich. e-Books stehen bei den führenden Online-Portalen (z. B. iBookstore von Apple oder Kindle von Amazon) zum Verkauf.

Einfach leicht ein Buch veröffentlichen: **www.tredition.de**

Eigene Buchreihe oder eigenen Verlag gründen

Seit 2009 bietet tredition sein Verlagskonzept auch als sogenanntes "White-Label" an. Das bedeutet, dass andere Unternehmen, Institutionen und Personen risikofrei und unkompliziert selbst zum Herausgeber von Büchern und Buchreihen unter eigener Marke werden können. tredition übernimmt dabei das komplette Herstellungs- und Distributionsrisiko.

Zahlreiche Zeitschriften-, Zeitungs- und Buchverlage, Universitäten, Forschungseinrichtungen u.v.m. nutzen diese Dienstleistung von tredition, um unter eigener Marke ohne Risiko Bücher zu verlegen.

Alle Informationen im Internet: **www.tredition.de/fuer-verlage**

tredition wurde mit mehreren Innovationspreisen ausgezeichnet, u. a. mit dem Webfuture Award und dem Innovationspreis der Buch Digitale.

tredition ist Mitglied im Börsenverein des Deutschen Buchhandels.

Dieses Werk elektronisch lesen

Dieses Werk ist Teil der Gutenberg-DE Edition DVD. Diese enthält das komplette Archiv des Projekt Gutenberg-DE. Die DVD ist im Internet erhältlich auf **http://gutenbergshop.abc.de**

Zeitfracht Medien GmbH
Ferdinand-Jühlke-Straße 7
99095 Erfurt, Deutschland
produktsicherheit@kolibri360.de